JIAGEI
XIAOAIQING

嫁给小爱情

南风北至

/

著

小花阅读【余生多指教】系列 02

上海故事会文化传媒有限公司

上海文化出版社

南风北至 | 小花阅读签约作者

是妹子，是妹子，是妹子！重要的事情说三遍！
内心喜欢刺激冒险，但偏偏本尊是死宅的别扭星人。
别的小姑娘都是要命型，我是玩命型（傲娇脸）。
所以我会玩命地写更多的故事，把岁月里遇到的所有美好都给你们。

已出版：《嫁给小爱情》

JIAGEI
XIAOAIQING

嫁给小爱情

南风北至

/

著

小花阅读【余生多指教】系列02

上海故事会文化传媒有限公司

上海文化出版社

南风北至 | 小花阅读签约作者

是妹子，是妹子，是妹子！重要的事情说三遍！

内心喜欢刺激冒险，但偏偏本尊是死宅的别扭星人。

别的小姑娘都是要命型，我是玩命型（傲娇脸）。

所以我会玩命地写更多的故事，把岁月里遇到的所有美好都给你们。

已出版：《嫁给小爱情》

作者前言

及时当勉励，岁月不待人

夜深人静的时候，在 word 上敲下"END"的一瞬间真是让人热泪盈眶。这是我的第一部作品，怀着忐忑期盼的心情看着它的字数一点点增加，真的有一种无法言喻的满足感。

其实我很羡慕那些像沈乐央一样勇敢追求感情的单纯、善良的姑娘，她们活得那么恣意、那么洒脱，而我总是瞻前顾后。

我的母上大人常说，选择比努力重要。

每个人都会面临选择，因为性格还有环境等各种不同的因素的发酵，同一件事在不同的人身上就会得到不同的结果，然而这些选择在不经意之间就会触发蝴蝶效应。

可怜之人必有可恨之处，我觉得这句话说得很对，但是我始终相信，一个可恨的人的背后也有一段辛酸的故事。

阳光照耀下的确有阴影跟随，但是即便身后有阴影，你也要相信眼前会是更加广袤的蓝天和璀璨的阳光。

我是一个不太善于言语表达的人，所以有时候更喜欢把感情放在文字里，看着它一点一点跃然纸上，越发清晰。在这个故事茁壮成长的过程中，我也有过困顿的时候，好在其间不断有鼓励和支持。

在这个陌生的环境中感受到身边人的友善，这让我想起刚刚通过面试的那个上午，蓝天白云下，走在车流奔腾的马路边心中油然而生的那种幸福感。

这里要感谢温柔的烟罗姐姐给予的鼓励；可爱的胡姐姐一路鼓舞着我前进，并且让我及时地意识到自己的不足并改正；还有同组的小哥哥小姐姐们带动着我一直坚持不松懈，特别是邻桌的小姐姐在我们彼此困顿的时候会跟我聊天让我摆正心态继续码字；最后，在这里要特别感谢我的朋友，是她一直鼓励我相信我——谢谢你不厌其烦地倾听我的絮絮叨叨，谢谢你的陪伴。

感谢在阳光灿烂的岁月，邂逅了你们，然后一起在这里奋斗努力。

及时当勉励，岁月不待人。

在这里，希望每一个善良的人都平安喜乐，长乐未央。

给每一个"渴爱"的人。

希望你们喜欢。

南风北至

没有更好的了，
于我而言你就是最好的。

目 . 录

JIAGEI
XIAOAIQING

目 . 录
JIAGEI
XIAOAIQING

第一章

时间的洪流交织成一张密密麻麻的网，而你我早
已迷失了方向。

【1】

浓黑的夜色中，暴雨倾泻而下，空中间或闪烁起的青白色的光像是要撕裂整个天幕，伴随着震耳的轰隆声，像过于密集的仓促鼓点，一下一下地撞击着耳膜。程晗韫坐在床上，急促的铃声陡然响起，回荡在安静的房间里。

看着来电显示上熟悉的号码，她按下接听键："喂，说吧。"

"沈夫人，的确就如同您所说的那样，沈先生是被人陷害的……我已经将证据和资料发到了您的邮箱，但是这些证据，似乎都没有

办法直接定罪……"

闻言，程晗韫死死地攥紧手中厚厚的相册。

电话那头的人还在继续说着："另外，就在刚才，白诗蕊和她的女儿白薇出车祸了，不知道为什么她的女儿也在那辆车上……"

"我知道了，剩下的酬劳我会一次性打到你的账户上。"

挂断电话后，程晗韫面无表情地坐在床上，双手颤抖，想要将手机放回床头柜上，却瞥见盛满水的玻璃杯旁的白色药瓶。她失控地将床头柜上的东西一扫，随着玻璃杯在地板上碎裂开，大大小小的白色药片也骨碌碌地四散滚落。

窗外的雨水，噼里啪啦地敲打在玻璃窗上。远处传来雷鸣声，不时伴有闪电，银色的光芒透过窗棂充斥房间，照亮了相册里的张张笑脸，让程晗韫陷入回想：

院子的围篱上蔷薇满架，细细密密的绿色枝杈透出勃勃生机。程晗韫拿着花剪小心地剪枝，沈乐央拿着玩具球不时地逗着一只毛茸茸的萨摩耶幼犬，它在沈乐央身边来回打转，逗得年幼的沈乐央咯咯直笑。

沈峻彦被妻子吩咐给蔷篱浇水，他将水龙头打开，陷在松软草地里的水管突然吐出一管水将幼犬惊着了，然后如同被按了暂停键般好奇地盯着。沈峻彦难得童趣一回，半蹲在地上掐住水管，细密的水幕伴随着"刺刺"声急速地在空中划出一道曲线。幼犬唯恐避之不及地躲到了沈乐央的腿边虚张声势地"汪汪"叫着，沈乐央被它逗得笑着弯下身来抱着它。沈峻彦看着它胆小的模样笑了起来，程晗韫看着他们，目光温柔。

……

程晗韫看着照片里被定格的那一帧记忆，细细抚摸着丈夫的笑颜，看着淡淡的水雾在半空中折射出彩虹般的光影，一切的一切都是那么美好。

似是终于忍受不住一般，程晗韫弓下腰去失声痛哭。

细密的雨以极快的速度在路面上炸开水花，在偶尔呼啸而过的车子的车灯照射下闪烁出冰冷的光，在这些斑驳光线的映照下，交错的马路看上去像是一条条暗潮汹涌的黑色河流，张牙舞爪地蜿蜒着。

"轰隆……轰隆……"震耳欲聋的雷声透过车窗传达至狭窄的空间，蔚迟好不容易从沉闷的酒会会场脱身，却碰上倾盆大雨，心情陡然就烦躁起来。

银灰色的车身像一颗子弹一样穿过雨幕，激荡起一长串水花。

蔚迟烦躁地扯下领带甩在一旁的座位上，此时路边一个苍白人影突然冲到马路中央，他一惊，急忙踩下刹车，强大的惯性将他向前一带。

当他从方向盘上抬起头来，四周只剩下雨刷反复摆动的"唰唰"声响。他匆忙解开安全带准备下车，却看见那个人以极快的速度爬起身，冲到他的面前，扒在车门上。雨水已经将她全身打湿，长发粘在她苍白的脸上，还有丝丝血水混杂着雨水和沙子爬满了她的脸。

"求求你，帮帮我，救救我的妈妈！"她的声音透着嘶哑和焦急，手指死死地抠着车门不放。

"求求你了，我妈妈出了车祸，流了很多血，求你帮我送她去医院！"

医院里弥漫着一股消毒水的凉气，白炽灯将雪白的墙壁照得更加惨白。

蔚迟将白薇和她的妈妈送到了最近的医院。

看着这个浑身发抖的姑娘紧咬着唇死死地盯着抢救室的门，蔚迟心里有些不忍，他脱下自己的西装外套搭在了她的肩膀上。

这时，蔚迟的手机突然响起，他拿起手机走至楼道边。

接通后，助理焦急的声音传来："蔚总，和荣华的合作案中Nomex honeycomb（复合芯材，广泛用于航空航天、建筑、船舶、汽车等行业）材料供应出问题了……"

蔚迟眉间微蹙道："给我订最早一班去美国的机票。"

挂断电话，他回头看了一眼走廊尽头的白薇，径直离开了医院。

第二天，白薇守在仍旧昏迷不醒的白诗蕊的病床前，程晗韫站在病房门口，透过门上的玻璃窗看进去，想起今天上午收到的昨晚白薇站在马路中央拦车的照片，一声叹息。

程晗韫忆起许多年前，大学时期她和白诗蕊是同一个寝室的姐妹，在一次聚会中，她与沈峻彦一见钟情。随后她出国留学，学成回国后与沈峻彦筹备婚礼。在婚礼的前一天，白诗蕊将她骗出去，让她错过了婚礼，于是，那场婚礼因新娘的缺席而变成了一个笑话，为此，沈家再也不能接受她，而沈峻彦不惜与家中决裂，与她结了婚。

后来她才得知，当时因为白父经营不善，导致白家企业陷入危机，所以打起了与沈家联姻周转资金的主意，而且白诗蕊也早就对沈峻彦芳心暗许，但是沈峻彦一直喜欢的是她。沈峻彦和她结婚之后，白家另寻了一家联姻，在白家长辈的施压下，白诗蕊无奈与一个地产商成了婚，婚后地产商却依旧花天酒地。也因此，白诗蕊恨上了她。

前段时间，白诗蕊与地产商离婚了，没想到这么多年过去了，白诗蕊还怨恨着她，觉得是她抢走了自己的一切，再一次陷害她，却不想间接害死了沈峻彦。

想到这儿，程晗韫眼眶泛红，白诗蕊为了私欲害得自己家破人亡，她会落得如此下场完全是报应。

程晗韫走进病房，居高临下地看着病床上昏迷不醒的白诗蕊，心中风起云涌。

白薇看着她冷笑的样子，不由得有些发怵："你是？"

"我是你妈妈的旧相识，听说你妈妈出车祸了，来看看她。她还没醒？"

"谢谢阿姨，医生说已经度过危险期了，但是不知道什么时候才会清醒过来……"

程晗韫皱起眉，尽量温和地对白薇说："阿姨在美国有一位医生朋友，他在这方面很有经验，我可以安排你们过去。"

白薇有些讶异，但又觉得不妥，于是礼貌地拒绝："不用了，谢谢阿姨，我相信国内的医疗水平，也相信我妈妈一定会醒的。"

"如果我告诉你继续留在嵘城，她的归宿只会是监狱呢？"

白薇闻言心中登时一跳，虽然她相信白诗蕊，但是看程晗韫煞有介事的样子，心中仍不免有些惶恐，她颤抖着控制声音，厉声问道："什么意思？"

程晗韫睨着她，看着她极力控制却仍然颤抖着的肩膀，不由得嗤笑："你可以不相信，但我会安排今天晚上的飞机送你妈妈去美国的医院，转院手续都会办好，我的朋友都安排好了，如果不放心，你可以一起去。"

程晗韫顿了一下，看着白薇瞪大眼睛盯着她，眼睛里还有不可置信，于是话锋一转："如果你想带着你的妈妈逃跑，那么希望你可以跑到一个通缉令到不了的地方。你大可以拒绝我，那样你的妈妈只能去监狱里治病了。"

说完，程晗韫不再理会白薇，转身走了，她怕自己会因此心软。

她想起早上看到的那封邮件，白诗蕊恨不得她马上消失在这个世界，她何尝不希望白诗蕊下一秒就下地狱。

在程晗韫决定制造车祸的时候，她一度以为自己的血已经冷掉了。但是从昨晚事故现场的照片上，程晗韫看到白薇守在支离破碎的车旁不愿离开以及乞求路人帮助的无助模样，不禁想起，那时候，自己的女儿乐央，也是在她爸爸的血泊中哭得声嘶力竭，苦苦哀求。

程晗韫极力忍住眼眶中盈满的泪水，秉持着自己仅存的一丝良知，疾步走出了病房，看在白薇的份上自己可以放白诗蕊一马，留她在这个世上苟延残喘或许更是一种折磨。

【2】

一个月后。

顾默晗正在收拾家里的杂物，常年天南海北的飞行让他甚少在家中久留。

手机提示音响起，顾默晗掏出手机，是一则短信："顾副驾，三周后将有实习学员跟随飞行学习，学员的履历稍后发至您的邮箱，请您在实习期对他们进行相应考核。最后，祝您生活愉快！"

程晗韫站在顾默晗家门外，犹豫了半天，终于按下了门铃。

不一会儿，开门声响，程晗韫的脊背随之僵直。

顾默晗看见来人是程晗韫，有些愣怔，顾默晗看程晗韫眉头微蹙，面带犹疑地站在门外，不着痕迹地将过道让出："程阿姨，进来坐吧。"

程晗韫进门时瞥了一眼房间一角已经整理打包好的杂物，然后跟随顾默晗坐在沙发上。见她兀自沉默着像是在思索什么，顾默晗也不着急，起身去厨房端茶水。

厨房中的顾默晗此时也因为程晗韫的突然来访，在茶壶蒸腾起的朦胧水汽中陷入了回忆。六年前，正值他高二的时候，原本意气风发的顾父锒铛入狱，因为不愿在牢狱的铁窗内困守一生，他选择结束自己的生命。彼时，与顾父没什么情分的母亲也抛夫弃子离开了家。

原本殷实的顾家自此家破人亡，而他这个尚未成年的 17 岁少年自然没有人管——谁会收容一个被父母抛弃还已经快成年的人？

值钱的家当都被上门要债的人瓜分，树倒猢狲散，那些亲朋好友也对他避之不及，偌大的城市他无家可归，无奈之下只能在餐厅里打工。

租着廉价的单人间，食不果腹，受尽冷眼，朝不保夕，他所有的高傲和自尊在那段混杂着血和泪的日子里被消磨殆尽。

那一天，沈乐央的爸爸妈妈带她来餐厅吃饭。

那时候的他仍带着初入社会的莽撞，在上汤的时候，他尚未放稳汤碗，对面的沈乐央突然转动转盘，汤碗随即脱手，滚烫的汤当即浇在了他的手背上。

他忍着火辣辣的灼烧感，慌乱地鞠着躬说着对不起，正当他以为他们会像之前的客人一样吵嚷着叫主管时，程晗韫拉过他护在右手下被烫伤的左手，将杯子里的冰水淋在他的手背上，问道："你没事吧？"

顾默晗拘谨地退后："不好意思，因为我的过失，打扰三位用餐，我会通知……"

正当他歉疚地道歉时，对面的沈乐央却像是突然想起了什么，神色激动地拉着沈峻彦说："爸爸，你刚才不是说我给你出的题目太简单，随便一个服务员都会做吗？正好这里有一个服务员。"

程晗韫刚要阻拦，沈乐央已经朗声说起了刚才她考沈峻彦的奥数题："一个凸多边形的每一个内角都等于 $150°$，那么这个多边形共有多少条对角线？"

沈峻彦有些尴尬，刚才女儿说起这次考试后面附加的奥数题，他还在打趣女儿说题目这么容易却没有做出来，顺口就说出了连餐厅服务员都能做出来的话，没想到女儿真的抓着服务员要考他。

沈峻彦正在想着等会儿服务员答不出该怎么办时，对面的年轻人却似看出了他的为难，其实顾默晗在校的成绩一直名列前茅，这样简单的奥数题目，他略一思索就给出了答案："54 条。"

此时正是用餐的高峰期，饭店经理见顾默晗进了包间就没有出来，唯恐他又出了什么乱子，敲响了包间的门。

顾默晗看着一向严厉苛刻的经理进门后立马露出谄媚的笑容，刚要解释，就听见坐在那里一直打量着自己的男人说："张经理，爱女调皮，在上菜的时候不小心将汤打翻了，这位先生护着我家女儿的时候被烫伤了，能否给他放个假去处理一下，我会按照损失赔偿相应的费用。"

后来发生的事情他都不太记得了，只记得跟随经理出去的时候，那个男人问了他在哪里念书，随后拿出一张名片递过来，说："我家乐央马上就要升学了，如果有意向的话，想请你做她的家庭老师给她辅导一下功课，这是我的电话，随时可以联系我。"

后来当他打电话过去时，沈峻彦了解到他的状况后，居然提出了资助他完成学业的建议。

那时候，顾默晗觉得，这一切来得就像一场梦一样突然，突然到让他热泪盈眶。

他想能够理解这种感觉的，大概就只有饥饿到濒死的人，就像他们突然获得别人慷慨馈赠的面包一样。

当他觉得这个世界黑暗到死寂、无助到绝望的时候，是沈峻彦给了他希望，把他从伸手不见五指的黑夜中牵引到了阳光下。

水烧开的嗡鸣声让他回过神来，他端着泡好的茶水回到客厅。

"默晗，阿姨在这里想拜托你看在死去的沈叔叔的份上帮帮阿姨。"

"程阿姨，您别这么说，我是多亏了沈叔叔的资助才能上大学，您有难事找我帮忙我是义不容辞的。"顾默晗沉静的眸子直视程晗韫的眼睛，似要让她看见他的真诚。

"我想拜托你帮我将乐央送去她爷爷家。"

顾默晗心中虽疑惑不解却仍然答应下来。程晗韫似终于下定了决心，对他说起了自己故意破坏白诗蕊的车辆制造车祸的事。

程晗韫一脸苦笑，摇着头似乎是在嘲笑自己的愚蠢："虽然白诗蕊没有死，但是故意杀人的量刑是十年有期徒刑，警察也正在追查这件事，不用多久真相就会水落石出，我会去自首。"

程晗韫艰难地诉说着，想到自己的女儿，她也无比悔恨自己当初被仇恨蒙蔽了双眼："我已经没有脸面去面对爸爸他们了，我给他们丢人了，我希望这件事你也不要对他们提起，不要告诉乐央。我不希望……不希望她知道了这件事以后对我失望。"

送走程晗韫后，顾默晗讶异于程晗韫居然会因为仇恨做出这样失去理智的事情，对程晗韫托付的事情他会尽全力去完成，但是对她的决定，他并不会评价对错。

顾默晗知道人的命运里，有太多无可奈何，也有太多太多的执念，这些执念下的恩怨纠葛会慢慢变成牵绊，让人们一路佝偻前行，在时间的洪流中交织成一张密密麻麻的网，当回过神来时自己早已在网中央，迷失了方向。

顾默晗蓦地回忆起六年前的沈乐央，如今她已经 17 岁了吧。

一直被父母保护得那么好，现在一切即将土崩瓦解，她将要面对的那种无助感可想而知。

顾默晗望着落地窗外如墨的阴沉黑夜，想起当年的自己，也是这样的年纪，在这样暗沉的黑夜里行走在熙攘的街头，周遭的一切似乎都与自己绝缘，茫然、无措，任那些负面的情绪如同拍岸的浪潮一般将自己击溃。

触手可及的都是人，但是他们都很忙，他们的步伐不停地向前走向后去。他们的匆忙带动着身边的光影流转，天旋地转，周围的一切是那么的不真实，像一场光怪陆离的恐怖梦境。

【3】

清晨，一夜未眠的程晗韫看着还在熟睡的女儿，视线渐渐模糊，泪水滑过紧抿的唇角，"吧嗒"砸在纸上绽开水花，字迹随着泪水的形状逐渐晕染开来，手中的笔重若千斤。

程晗韫无比眷恋地抚摸着乐央的脸颊，贪婪地看着乐央的睡颜，内心酸楚不已，这一别不知何时才能再见到，程晗韫终于忍受不住捂着嘴跪坐在窗边，压抑着低声呜咽起来。

良久，她擦去脸上的泪痕，吻了吻乐央的额角，站起身来开门而去。

天边刚刚泛起微光，夜晚的清冷还未散尽，街上一片萧索。

程晗韫站在警局门口，仰起头看着正中央的红色警徽在灯光的照射下泛着冰冷的光辉，她挺直脊背坚定地迈上了台阶。

"我来自首。"

天色渐亮，沈乐央一如往常地醒来之后走出房门，却发现家里格外安静。

"妈妈。"没有人回应，于是她又叫了一声，"妈妈！"

依旧没有人应答。她疑惑地去卫生间洗漱，换好衣服后，跑下楼去。

偌大的客厅一片死寂，桌上有程晗韫给沈乐央做的早餐。沈乐央心中的疑虑逐渐加深。

沈乐央不死心，又跌跌撞撞往楼上跑，中途一个台阶没有踏稳，让她险些滑下楼梯，顾不上膝盖的疼痛，她抓紧扶手迅速地爬起来，奔向程晗韫的卧房。

一切都井井有条，整洁的房间，铺在床上特意抚平没有褶皱的被褥，整齐得就像是许久没有人居住的客房。

她抓起床头的电话，拨通了妈妈的号码，当她听到机械化的女声反复地提示她"您所拨打的电话已关机"时，心里就像平静的湖面骤然被投下了一颗石子，开始一圈一圈地向外漾开不安。

此时她还在心里安慰自己："不要着急，妈妈应该是出去散步了，手机正好没电而已。沈乐央你急什么，妈妈又不是不回来了，吃过早餐妈妈就会回来了。对了，早餐还没有吃，等会儿妈妈回来看见我没有吃早餐又该说我了。"

想到这儿，沈乐央胡乱放下电话，就往楼下奔去。

跑到餐桌前，瞥见餐盘边上的纸张，上面的字迹无比熟悉。

"乐央，妈妈走了。"瞥见的第一行便是类似诀别的话语。

沈乐央只看了一眼就强迫自己别过头去："不、不可能的，妈妈不可能不要我，妈妈不会走的，一定是妈妈骗我的。不，是我，是我自己看错了。"

沈乐央认定妈妈只是出去散步，或者买菜，或者有什么急事去处理，一定会回来的。

她觉得屋子里的气息都因为桌上这封诡异的留信而变得有些凄

冷，沈乐央再也无法忍受，抓起橱柜上的钥匙跑出了家门。

来到楼下的小花园，沈乐央的目光在不断进出的人群中仔细地搜寻着妈妈的影子。

终于累了，她疲倦地坐在石凳上死死盯着小区的入口。

时间一点一滴地流逝，她终于忍受不住，决定要回家看一眼。

看着电梯的数字不断跳转，越来越接近家里的楼层，她在这狭小的空间里越来越清晰地听见自己慌乱的心跳。

"叮！"

终于到了，她在电梯门打开的一瞬间迫不及待地冲向家门，掏出钥匙开门时却因为慌乱的动作，几次对不准锁孔。

终于，她鼓起勇气再次看向那封信。

乐央，妈妈走了。

妈妈因为一些原因，需要离开一段时间。

你不要害怕，也不要惊慌。

妈妈会回来的，希望妈妈回来时能够看到更加坚强的乐央。

你要知道你是妈妈唯一的惦念。

妈妈拜托了顾默晗送你回爷爷家。

你要相信妈妈这么做是不得已的，

妈妈也非常想陪伴在乐央身边。

妈妈不在你身边的时候，乐央要好好照顾自己。

乐央，妈妈爱你。

妈妈爱你……

沈乐央看着后面满满的都只剩下了"妈妈爱你"四个字，眼眶模糊。

门铃声陡然响起，乐央抱着最后一丝希冀，瞬间跑去开门。

门开了后，她看见了顾默晗站在门口，手还保持着按门铃的姿势。

眼眶中抑制不住的泪水滑落下来，手中捏紧的纸张恍若一纸宣判，而顾默晗就是那个无情的执行官。

眼前这个泪流满面的女孩，自从他进门后就没有说过一句话，双腿弯曲抱着膝盖缩在沙发上。

顾默晗曾听别人说过，这样的姿势，是与婴儿待在母体里最相近的姿势，当一个人做出这样的姿势的时候，说明此刻这个人极其缺乏安全感，也是一种与外界隔绝的自我保护的形态。

顾默晗轻声靠近她，放缓语气试探地叫了她一声："乐央？"

沈乐央并不理会他，自顾自地盯着自己的脚尖。

顾默晗无奈，再次开口："乐央，你妈妈嘱托我带你去你爷爷家，我……"

"你闭嘴！"沈乐央不等他说完，抬起头恶狠狠地看着他，"都是因为你！都是因为你答应了我妈妈会送我走，我妈妈才会离开！"

顾默晗听着她蛮不讲理的指责，不知该如何回答。

"如果你不答应她，她就会放心不下我！她就不会走！都怪你！都怪你！都怪你！"厉声的指责一声比一声尖锐，逐渐拔高的声音震响了沉闷的空间，沈乐央的身体也随着她激动的情绪颤抖着，控制不住地开始剧烈咳嗽起来。

顾默晗看着她这个样子，拿起桌上的水杯给她倒了一杯水，想要递给她。沈乐央却一把挥开他的手，说："不用你假好心！"

玻璃杯从顾默晗的手中脱出，砸在地上碎裂开来，杯中的水泼在地面漫开。

沈乐央突然从沙发上站起来开始推他，一边推嘴里还一边叫嚷着："你给我走，我不要你待在这儿。"

她只穿着短裤的脚踩在地上，脚边就是尖锐的玻璃碎片。顾默晗抬手压着沈乐央的肩膀，将她按回沙发上，他自己则蹲下身拨开沙发旁的玻璃碎碴。

沈乐央被他推得跌坐在沙发上，等她坐稳之后看见他蹲在沙发前，便抓着他的衣袖，推搡着他，嘴里不停地说着："你滚出我家。"

蹲在地上的顾默晗被她推得身形一晃，清理着玻璃碎碴的左手手掌直直地就压在了地上。

沈乐央看他眉头一皱，下一秒，雪白的地板上滴落的血迹正在顺着之前的水迹丝丝缕缕地蔓延开来，她立刻停下了推搡的动作，揪着他衣服的手也不自觉松劲。

其实她也明白自己的行为是无理取闹，但是她不明白为什么妈妈会特地嘱托他来接自己？她忍不住就想，如果他拒绝，是不是结果就不一样了？

沈乐央跌坐回沙发上时胸口还在剧烈地起伏，顾默晗见她不再闹腾，用右手抽出桌面上的纸巾，将散落在地的玻璃碎碴包裹好，丢进一旁的垃圾桶里。擦干净地面后，他走到厨房的盥洗池前冲洗伤口。

沈乐央看着他弯着腰的背影，双眼控制不住地看向垃圾桶里沾着淡色血迹的纸团，站起身走向了客厅的橱柜。

等顾默晗转过身，就看见摆在茶几上的医药箱，和已经拿出来的红药水和棉签包。

沈乐央拿起一旁程晗韫留给她的信走向卧室，与顾默晗擦身而过的时候，看了眼还在渗着血的伤口，咬了咬唇，但还是坚定地说："擦好药你就走吧，我不会跟你走的，我要在这里等我妈妈。"

说完便不再看他，径直上楼走向卧室。

顾默晗看着她不容拒绝的姿态，想着她得知母亲离开，一时半会儿也难以接受，于是不欲再强逼她。

简单地处理了一下伤口，正要离开的时候，顾默晗看见桌上纹丝未动的早餐，心下明了程晗韫是今天早上离开的。

他转身又回到了餐厅，打开冰箱，翻拣着可以用来做饭的食材。

房间里的沈乐央万分不解地靠坐在床上，她怎么也想不明白妈妈为什么要离开，昨天妈妈还若无其事地和自己讨论学习，今天就消失了。

她强迫自己冷静下来，在脑袋里罗列出无数种理由。

她甚至猜测妈妈是不是被绑架了！如果不是笃定那封信上是妈妈的字迹，她都宁愿相信那是伪造的。

正当她在房间里天人交战的时候，房门被"咚咚"叩响。

沈乐央装作没有听见，继续想着妈妈离开的理由，门外的顾默晗似乎也知道她不会理会自己，于是不再敲门，他的声音透过房门传到沈乐央耳里："乐央，我把手机号码抄在了茶几上，如果有什么需要给我打电话。"房门外的顾默晗说完顿了顿，仔细听着房间里的动静，唯恐漏掉一点细声的回答，直到确定沈乐央不会回答他的时候，他才继续说，"我做了饭，你饿的话就出来吃一些，我相信程阿姨也不希望看到你这副样子。"

房间里的沈乐央听到这句话，想起妈妈嘱咐她要好好照顾自己，眼眶不禁开始泛红。

顾默晗站在门口，深深地叹了一口气，许久才说："乐央，我走了，有事记得一定要打我电话。"

沈乐央听着门外的脚步声随着关门声戛然而止。

她走出房门，靠在扶梯上看着空荡荡的家，心就像在海中沉溺，一点一点地向蓝黑色的海底下沉。

天色渐渐暗了下来，沈乐央将房间里的灯统统打开，将妈妈给她做的早餐拿到客厅，已经冷掉的食物在没有食欲的沈乐央嘴里味如嚼蜡，但是她慢慢地吃着，想着这是妈妈临走前的关心，她告诉自己一定不能浪费。

顾默晗在楼下看着沈乐央家的灯光骤然全部亮起，左手手掌不断地握紧张开，借由手掌上残存的刺痛缓解心中的滞闷感。

【4】

翌日，沈乐央浑浑噩噩地从沙发上起身，看着眼前亮了一夜的灯随着白昼的到来不再明亮，昨日的记忆迅速回笼，昨晚自己在胡思乱想间居然睡着了，临睡前她想起要回桐城看看。

沈乐央 12 岁之前他们一家是生活在桐城的，桐城是妈妈的故乡，妈妈有没有可能会回桐城？

想到这里，她冲回自己的房间，找到了相册，抽出几张以前在桐城拍的照片，虽然想不起街道和具体地址，但是她不愿意轻易就放弃。

拿上自己平时用来存零花钱的银行卡和身份证，背上一个小包，她急急忙忙出了门。

沈乐央在小区门口的取款机上取了钱，她从来没有独自一个人出过门，并不知道自己需要多少钱，稍作思考取出了一千元。

随手拦了一辆的士，她说了一句去火车站便不再言语。

她没有注意到从她一下电梯便紧紧追随自己的视线，也不知道身后一直跟着她的路虎车里，看到她一系列行为的顾默晗一直紧皱着眉头。

下了出租车后，在偌大的火车站里，沈乐央像无头苍蝇一般好不容易找到了售票大厅，因为心中只有去桐城这件事，所以她没有注意到跟随她而来的顾默晗。

乐央无助地站在售票厅，听着周围的喧哗、欢笑、争执，看见周遭各种各样的人，一切的一切都是如此鲜活明快，但是这些声音却似乎在自己的周身戛然而止。

那一瞬，她感到非常难过，她从来没有想过自己有一天会独自面对这些，以前她总觉得孤独是很遥远的事情。

她曾经在网络上看过这样一句话："'孤独'这两个字拆开来

看，有孩童，有瓜果，有小犬，有蝴蝶，足以撑起一个盛夏傍晚间的巷子口，人情味十足。孩童、猫狗、蝴蝶当然热闹，可都和你无关，这就叫'孤独'。"

那时候她闲来无聊将这两个字拆开来看，子、瓜、犭、虫，孩童、瓜果、小犬、昆虫。彼时的沈乐央并不理解这句话，因为她一直都在这些鲜活事物的包裹之下。

现在，当她站在拥挤的人潮中，心中却明显有什么正在慢慢崩塌，闭上眼睛那些回忆分明就在咫尺的距离，却只能看着它一点点地撕裂，无声地破碎，然后迅速地下坠，任凭她拼命伸手去抓，还是逐渐粉碎，化成灰烬滑落指尖。

孤独不在于你拥有了什么，而是这些原本你握在手中的东西有一天与你再无关联，徒留你站在原地，备感孤独。

沈乐央看着手上的车票确认好时间，满心欢喜地希望几个小时后自己可以在桐城找到妈妈。她不敢想如果妈妈不在桐城自己还要去哪里找，沈乐央的心情也随着这些思绪忽明忽暗，但是无论如何自己都要试一试。

她小心翼翼地将火车票收进背包的口袋里。

正当她心不在焉地想要将背包背上时，一个人突然从她的斜后方蹿出来，双手迅速地抓住她肩膀上的背包肩带，用尽全力地拉扯着想要把背包抢走。沈乐央虽然始料未及，但是也及时反应过来死死地抓住背带不放手。

"你是谁，为什么要抢我东西？你赶紧放手，你不放手我就叫人了！"沈乐央一边跟他僵持，一边出言威吓。

抢包的男人听见她说叫人，动作明显僵了一下，但是转念想起刚才在买票的时候无意间的一瞟——这个排在他前面独身一人的年轻女孩背包里，有一沓红彤彤的钞票。

他本是想趁她不注意抢了就跑，没想到这个女孩反应这么快，在拉扯间男人暗自打量周遭，已经陆续有人注意到这边了……男人心一横，手上也猛地一使劲，沈乐央在拉扯间本就有些脱力了，对方突然用力致使背包的带子在她的手指间急速摩擦而去，她也因此跌坐在了地上。她看着得手的男人在自己的眼前狂奔离去，带着承载她全部希望的背包，她立刻从地上爬起来，死死盯住那个背影，奋力追赶。

马路对面的顾默晗看到这边突如其来的状况时，却正好碰到红灯，看到沈乐央被抢走背包跌坐在地上又马上起身追赶男人的一幕，他忍不住咬牙骂了一句该死。他不管不顾地急速冲过川流不息的车辆，留下身后一片此起彼伏的汽车鸣笛声，还夹杂着一些"找死啊"的叫骂。

沈乐央感受到随着自己剧烈的运动，肺部急速地收缩着想要摄取更多氧气，她觉得自己的眼睛有些花，胸腔有些疼，喉咙也干涸，手脚也有些酸软，但是她不能停下来。

　　身边一个急速奔跑的身影追着前面的男人跑进了拐向右边的小巷，沈乐央跑到巷口再也跑不动，扶着墙呼哧呼哧喘得像一条脱水的鱼儿。

　　在喘息间，她抬眼看到顾默晗攥住了男人紧抓着背包的手腕。

　　顾默晗加重了手上的力道，男人的表情越加狰狞，背包也从其手里脱落掉到地上，手腕的疼痛让他的脸涨得通红，嘴里也哇哇乱叫着："放过我吧、放过我吧，求你了放我一马。"

　　顾默晗并不打算放开他，但是也没有再施力，原本还在苦苦哀求的男人感受到手腕上钳制的松懈，没有被束缚的那只手从背后掏出一把弹簧匕首，弹出刀刃就向顾默晗刺去。

　　正要跑过去捡包的沈乐央感觉眼前突然晃过一道白光，抬眼便看见锋利的刀刃划出的冰冷弧度，她不由得大喊了一声："小心！"

　　顾默晗注意到了男人的小动作，听到沈乐央的提醒顺势往后一躲。

　　男人见偷袭顾默晗不成，转身就想要去捡起背包，沈乐央看见他的动作，立刻抢先一步将背包死死地搂在怀里不住地向后缩。男人已经被这一系列的变故激红了眼，举起匕首就要刺向沈乐央。

沈乐央蹲在地上一动也不敢动，当与她近在咫尺的男人举起匕首刺向她时，她听天由命般地闭上了双眼。

"啊！"一声痛呼后，紧接着是匕首掉落在地面的脆响，还有重物落地的沉闷声响。

"没事了，起来吧。"顾默晗看着蹲在地上的沈乐央气不打一处来。

沈乐央睁开眼看见的，就是顾默晗阴沉着的脸："你是傻的吗？为了一个背包跟别人玩命？"

沈乐央如梦初醒地慌忙拉开背包，发现照片和车票都安静地躺在背包里，不由得松了一口气："还好没弄丢。"

顾默晗有些无语，自己十七八岁的时候爸爸死了，妈妈也同样离开了自己，自己照样一个人生活，不过是苦了一点，哪像她天都要塌了似的。

"沈乐央你到底在想什么？你妈妈都说了让我送你去你爷爷家，你安安心心待在你爷爷家，你妈妈回来自然会去找你。你这样在外面横冲直撞的，你刚才要是出了什么事，我怎么对得起你死去的爸爸？"

顾默晗想着刚才男人提着匕首刺向她的时候，现在还有些后怕——第一次真真切切地害怕。自己流落街头的时候没怕过，第一次上飞机没怕过，在值机飞行途中遇到气流颠簸也没怕过，唯独刚才。

"我怎么样不用你管，你别再跟个变态似的跟着我。"沈乐央瞅都不瞅他一眼，背起背包就打算走。

"你要去哪里？乘车的时间马上就到了，你现在去了也没有用。"抓住她的胳膊不让她再有动作，顾默晗笃信自己的视力，虽然刚才在她翻找间只是匆匆一瞥，但他还是看到了目的地桐城的车票和发车时间。

"你放开我，放开我！"沈乐央想挣扎，但是经过刚才一系列的剧烈运动她现在浑身都是软的。

"好，你自己也看到了，你一个女孩子出门在外有多危险。"顾默晗有些头疼，"我跟你一起去找。"

"不需要，我自己一个人可以。"

顾默晗简直快要被她气死了，二话不说抢过她的背包，向巷子外走去。

顾默晗知道，背包里的东西，沈乐央不可能不在乎。

的确，没有它们，沈乐央在这个城市也是寸步难行。

第二章

让我来照顾你。

【1】

坐在顾默晗的车上，沈乐央回忆起刚才争执间，顾默晗说的话："你大可以报警说我抢了你的东西让警察把我抓了，但是我已经知道你要去桐城，我就一定会跟着你。"

沈乐央知道，这世上有许多事是警察管不了的，就像爸爸的冤死、妈妈的离开，还有顾默晗非要跟着她。

这些都是警察管不了的。

可是，就像顾默晗出于报恩非要跟着自己一样，自己想要找妈妈只是为了心底残留的可怜希冀。

天色已晚，沈乐央跟着顾默晗来到了他的家。

为什么会来他家？沈乐央在顾默晗的车上才发现自己家的钥匙不见了，想来应该是在刚才那一番追逐中弄丢了。

她想要找个酒店睡一晚，但是顾默晗坚决不同意，说不久前某酒店才发生了女生在电梯里被陌生人拖行的事件，说不放心她的人身安全。

其实，沈乐央觉得顾默晗是怕她半夜落跑。

环视屋内，该有的都有，客厅有一扇很大的落地窗，可以看见外面灯火璀璨的夜景，包括沙发、座椅在内的很多家具都是沉闷的黑色，没有多余的装饰，沈乐央心里油然生出一种很怪异的感觉。

沈乐央问道："什么时候去桐城？"

"你还记得你家的具体位置吗？"

"12 岁之后就跟着爸爸妈妈来这边了，记得很模糊。"

顾默晗实在是有些头疼，这丫头连地方都不知道就想要跑过去，是她胆子大还是心太大？

"我记得好像是城北的位置，附近有个水库，放假的时候爸爸妈妈会带我去那边钓鱼。"

"好，你明天先好好休息一天，等我找到地方就带你过去。"

沈乐央一听还要等，当下就急了："还要等，明天不能去吗？"

"你总得知道在哪里啊，我保证帮你找地方，找到了就带你过去。"顾默晗尽量让自己的语气显得平和。

"我不管，我本来就没有让你帮我找，我自己去！"沈乐央不管不顾地拿起背包就要走。

"沈乐央，你不要跟个小孩子一样好吗？"顾默晗最终忍受不住地挡在她的面前。

"我像个小孩子？你要我等，根本是哄小孩子的借口吧！你根本不明白我现在的感受……"沈乐央朝他吼道，话没说完就被他打断。

"你以为这世上就只有你是独身一人？当初我家人也丢下我走了，我现在不照样一个人生活得很好。"

"对，你一个人生活得可好了，一个人冷冰冰地住在这么大的房子里，你从来就没有去找过她，所以你现在活该一个人！我才不要一个人过！"沈乐央的眼眶开始泛红，"她离开我一定是有苦衷的，我不知道她一个人在外面好不好，她是不是出意外了，有没有住的地方，我不是非要黏着妈妈的小孩子，我很担心她，我想知道她过得好不好！我也想问问她为什么要丢下我……"她说话的声音越来越低。

这个世界上的确没有失去谁就不能活的人，但是这个人，我的骨、我的肉都是从她身上来的，即使她要离开我，我也想要知道我不在她身边的时候，她过得好不好，是否舒心。

我不是非要有人陪，我只是怕她独自一人的时候觉得孤独，就像现在的我一样。

这些执着，是我唯一能掌握的，如果这世上只剩下了逆来顺受，只剩下了认命，那人该活成什么样子？

顾默晗看着她，那双瞪着自己的黑白分明的大眼睛里闪烁着倔强的光芒，最终妥协："好，你明天好好休息一天，如果明天还是没有找到地方，后天……后天我还是陪你去，我保证不骗你！"顾默晗看她还要强辩什么，于是态度强硬地再度开口，"如果你还要跟我争什么，明天我就带你回瞿淮，送你回你爷爷那儿，到时候你要去桐城还是嵊城我都管不了你。"

"好，后天去。"沈乐央在心里权衡了一下，爷爷向来不喜欢妈妈，一直觉得是妈妈耽误了爸爸，让爷爷帮她去找妈妈根本就是异想天开。

"那你去洗漱吧，早点睡觉。"

顾默晗站在阳台上，七月的夜晚一扫白天的滞闷，清凉的风刮在他的脸上。

他的确不太懂那种感情，在他的意识里，有些东西既然已经不属于自己，那就放手，决定要走的人，你留了也没有用。

那天晚上，他做了一个梦，时光回到了六年前，他从学校放学回到家，家门却是半开着的，隐约有争吵从门后传来。

"你现在要走？我没有钱了你就要走？"是爸爸气急败坏的声音。

"是，你没有钱了我就要走，当初你也是用钱让我跟着你的，咱俩之间除了钱怕是没什么可以维系的了，我唯一庆幸的事情就是你再也不能用钱威胁我了。"

"那默晗呢？默晗跟钱总没有关系吧？他是你儿子！"声音里透着一些乞求。

"当初我就不想要这个孩子，是你拿着我爸的事威胁我，要不然你以为我会容忍一个流着你我一半血液的人在这个世上？和你有关联的任何事我都觉得恶心！"

门"唰"地被拉开，女人说完后就想离开，却看见门口神色淡漠的孩子。

女人只是盯着他，倨傲的神色有了一丝变化，左眼角的那颗泪痣好像让她的眼睛中溢满泪光。

"默晗……"男人喃喃地喊着他的名字，不知道该说些什么。

顾默晗看着女人，什么也没有说，就回了自己的房间。

身后高跟鞋蹬在地上的声音渐行渐远。

女人终究还是走了。

被最亲密的人说恶心是一种什么样的感觉？

这两个字像是一把寒冰化成的尖刀，一下子捅进了身体，破开的皮肤被冰刃凝结，寒冷的血液汇入心脏以及身体的每一个细胞。

彻骨的寒意猛地让顾默晗惊醒，他烦躁地扒开濡湿的额发。

不是不想找，可能那个女人更希望自己不要去打扰她。

桐城因为梧桐繁盛而出名，顾默晗透过车窗看着道路两旁排列整齐的树干——就像人的手臂一样伸出地面托起一树的繁茂，阳光从树隙间洒下了金色光斑。

由于"城北的水库"这个范围太大，顾默晗不得不拜托了好友付谨帮忙。付谨家世代都是为人民服务的人民警察，唯独出了付谨这么个异类，喜欢在天上飞来飞去，按照付谨的说法："老子被老头子牵制了这么多年，就享受这种在天上自由翱翔的感觉，老头子在地上一逮一个准，总不能把手伸天上来吧。"

付谨口中的老头子是他的爸爸，也是桐城的公安局局长。好在付谨还有个妹妹付乔，不然就凭付谨还指望着能上天？

这一次能找到地方多亏了付乔，她帮忙查到了程晗韫名下在桐城城北有一处房产。

沈乐央自从今天出发开始就很沉默。

"乐央,你还记得刚才那个大爷说到了这里该往哪里转?"顾默晗故意挑起话头。

"往右。"沈乐央看着熟悉的街道笃定地说。

二十分钟后,沈乐央看着眼前熟悉的庭院,车还没有停稳就迅速拉开车门,跳了下去。

"妈妈,妈妈!"沈乐央急急地向前院跑去,院门紧闭,无人应答。

顾默晗目瞪口呆地看着沈乐央三两下爬上矮院,嗖地跳下去!

顾默晗无可奈何地学着她爬了进去后,就看到沈乐央定定站在廊前。

房门的把手上落了一层厚厚的灰,显然是许久无人来访。

蔷薇藤蔓爬满了整个篱笆墙,许久未曾打理的枝丫显得有些凌乱,红色花朵拢成花球开得招摇。

这满墙蔷薇程晗辔悉心养了许久,攀爬架还是爸爸搭的。

妈妈那时候总说蔷薇往上攀爬包裹屋顶之后再扬垂下来,一定很美。

眼前浮现起许久以前在这个家里度过的温暖快乐的日子,那些以前一想到就会笑出声的时光全然化为泡影，现在只剩下满满的心酸。

妈妈，我到了回忆里最好的地方，却找不到你，那我真的不知道你还会去哪里。

"乐央……别找了，你妈妈如果回来，会来找你的。"顾默晗看着意料之中空无一人的院子，忍不住对她说。

此刻沈乐央才真正意识到妈妈已经走了，去到了她找不到的地方了。

她这么执着究竟是为了什么，为了让自己清醒地看清现实吗？

"为什么？究竟为了什么要离开？"沈乐央低声喃喃，她实在是不明白，终究是想不通。

"为什么你要答应她？如果你不答应她，她是不是就不会离开了？"她好像用尽了全身力气，颓然地坐在地上。

"顾默晗你告诉我啊，你说！你为什么要答应她？！为什么？！你告诉我啊！"沈乐央无论如何都想不通为什么自己的妈妈要离开，而顾默晗居然会答应她。

此刻他在沈乐央的眼里就像是一个没有丝毫感情的执行者，面目可憎。

顾默晗没法回答她，只是沉默着。

他明白有时候人需要一个宣泄感情的出口，只是为了让自己不要被残酷的现实击溃。

人生之中总有一些难言之隐，也有难以割舍的感情。

我们常常会隐瞒自己最爱的人，初衷也许是怕伤害他，但最终我们会明白，没有一种隐瞒是没有伤害的，哪怕是善意的。

【2】

通透的玻璃幕墙衬映着蔚蓝的天空，一组穿着白色制服的机组人员不急不缓地经过航站楼。

走在最前面的是负责此次飞行的机长，其后是顾默晗和付谨，后面依次是机械师和空乘们。

队列前端一个男人皱着眉在对身旁的人说着什么。

"默晗，我听说你在假期的时候退出了这次实习学员的培训任务？"

顾默晗看了一眼身旁的好友，淡淡地开口："嗯，对。家里有些事，需要调出些时间照顾一下家人。"

"但是这一次培训……"付谨有些焦灼地开口。

走在前面的机长听着身后的交流忍不住笑着开口："付谨，你就不要操心这些了，常年在外飞行本来留给家人的时间就少，老是绷着也不好，张弛有度才是最好的状态。"顾默晗这孩子自从来了嵘曦机场就一直像是一根紧绷的琴弦，看着他从学员一步步走上副驾，这背后付出的精力和汗水常人根本难以想象。

"付谨啊，不是老师说你，别仗着年轻就过得那么随意，趁着年轻找个体贴的人好好过日子才是正道。"

付谨闻言不禁失笑，大概是老师听说了自己上回又把空姐气哭了的八卦。

"老师，哪有你这样的，这么爱看自个儿学生笑话！"付谨打趣般地反驳着，眼神却忍不住担忧地投向一旁的顾默晗。

跟在后面的同一机组的机械师听他这么抱怨，也忍不住跟着笑了起来。

付谨和顾默晗从航校起就是关系很好的同学，同为学校风云人物，不仅专业操作一流，外表还英俊帅气，让航校的女生们都倾心不已。

不同于付谨的风流不羁，顾默晗打从学生时期对人就极其淡漠，那会儿付谨就为他操了不少心。

因为两人这么些年累积下来的情谊，别人不知道，付谨却是一清二楚，顾默晗根本就是孑然一人，他说的家人压根就是鬼扯。自从离开航校，顾默晗就把他的飞行生涯当作生活来过，所以对他的反常付谨才尤为在意。

"放心吧，我没事。"顾默晗贴近付谨，低声说。

顾默晗想起沈乐央打从桐城回来之后，就对自己冷言冷语，由于马上就要开学了，她也不愿意回瞿淮的爷爷家，于是便在他家暂住了下来。

所以顾默晗才向公司提出退出培训任务的申请，其实不仅是培训任务，顾默晗也希望减少航线过长的飞行任务。

有些伤口不仅仅需要时间去磨平，更需要人为引导，他知道此时沈乐央心中仍然对他满是怨怼，但是这种时候更加不能放任她一个人胡思乱想。

当初，自己既然得到了沈家的帮助，那么现在他便有义务去护得沈乐央一时安稳。

既然承诺了程晗韫，起码在沈乐央选择回到爷爷家之前，自己要照顾好她。

顾默晗收起思绪，看了看时间，对老机长说："时间差不多了。"

这时座舱传来塔台的提示音："客舱准备就绪。"

"收到。"机长放下听筒看看时间，表情严肃起来，"大家准备好，要出发了。"

顾默晗戴好耳机，将工作界面打开，接收信息。

"MCS1275，嵊城飞往北京，距离 1786 公里，预计飞行时间 2 小时 15 分钟。准备就绪，请求推出。"

"MCS1275，允许推出，风向 160 度，风速 3.1 米 / 秒，跑道 3L。"

"收到，MCS1275，风向 160 度，风速 3.1 米 / 秒，跑道 3L，飞机推出。"

在牵引车的牵引下，飞机缓缓地从停机位推出滑向跑道。

"MCS1275 就绪。"

"MCS1275，准许起飞。"

"MCS1275，准备起飞，风向 160 度，风速 3 米 / 秒，速度 270km/h，跑道 3L 起飞。"

伴着巨大的引擎轰鸣声，飞机在滑行道高速滑行，机首慢慢扬起，机身逐渐越升越高。

"高度 1000 尺，高度 2000 尺……高度 3000 尺，速度 600km/h，收起起落架。"

飞机逐渐飞离跑道，在湛蓝的天空中拉出一条洁白的尾线。

教学楼里，沈乐央趴在不锈钢的栏杆上，想起昨天晚上临睡前顾默晗突然叫住她说的那一番话。

"乐央，你要明白，如果离别不可避免，你最应该学会的是不被它牵绊。我知道失去亲人的痛，我也曾经历过，但是不论如何，你还是要继续前进，时间永远不会停留下来等你。当你觉得迷茫的时候，想一想那些爱你的人，他们不会希望看到你自暴自弃的样子。你要学会的是如何善待生活、善待自己，纠结在过去的人永远也没有办法向前看。你将来会感谢这些不顺遂，因为它让你更加坚强。"

爱你的人希望你变成什么样子？

沈乐央记得妈妈留下的信里也说，她希望回来时看到自己更加地坚强。

掏出妈妈留下的信，视线逐渐模糊。

上课铃声响起，沈乐央跟随人流回到教室，回到座位的时候她的后桌还在睡觉，沈乐央抽抽酸涩的鼻子，从抽屉拿出书本。

一只涂着黑色指甲油的手从右边伸过来，手上捏着一张洁白的、散发着淡淡花香的纸巾。

沈乐央看过去，是最近刚转来、一向不理人的女生江晴，她左手捏着纸巾却没有看自己，只是认真盯着手机，右手在屏幕上来回跳跃。

大约是一只手打字不方便，她将纸巾放在桌上便收回手打字，也不觉尴尬。

沈乐央将纸巾收进口袋，低声说了声："谢谢。"

常瑜浑浑噩噩地从睡梦中苏醒时，讲台上的老师已经换了一个人。

他直愣愣地盯着前面女生短发下的细瘦脖颈，慢慢开始出神。

"沈乐央。"常瑜在心里默念这个名字，好久不见啊。

看了许久，常瑜终于别过头看向窗外，橙红色的塑胶跑道环绕着茵茵绿草，栅栏外的低矮楼房上是淡蓝色的天空，一道白色的云线横在空中，由于飞机早就驶远，两端已经逐渐消散。

时间的流逝将许多美的事物带走，但是有些东西在记忆里存在过就不会消散。

女生之间的友谊总是来得莫名其妙，自那以后沈乐央和江晴就成了朋友，下课搭伴去厕所，中午一起吃饭，放学一块回家，搭个伴好过独自一人。

中午两人正在食堂吃饭，沈乐央放在桌面的手机开始振动起来，沈乐央只是瞟了一眼，就继续吃饭不再理会。

"你手机响了。"江晴看着手机一直在响，出言提醒。

"没事不管它。"沈乐央不用看都知道，这个点会打电话过来的只有顾默晗。

手机一直坚持不懈地在响，沈乐央终于拿起来，屏幕上果然显示是顾默晗的来电，沈乐央默不作声地挂掉，放下手机若无其事地继续吃饭。

"谁啊？"江晴不由得也有些好奇，就这半个月的接触来看，沈乐央虽然有些孤僻，但是性格还是很和善的，脾气也还不错。唯独这个备注着顾默晗的电话她总是不接，电话那头的人也是个神经病，有一回她们一起吃饭，一个电话紧接着一个地打过来。起先沈乐央照例不理会，他就一直打，直到乐央掐掉电话，应该是一定要确定电话这头有人吧。

　　"骚扰电话。"沈乐央不咸不淡地解释，类似这样的电话，每到饭点就按时打来，她都习惯了。

　　江晴戏谑地看着她，看她似乎没有解释的意思也不再多问。

　　顾默晗听着电话里传来正在通话中的提示音，终于收起手机。

　　"你这一天天的都是给谁报岗呢？"付谨看着坐在对面一脸淡定的好友。

　　顾默晗抬眼看了看他，不打算理他，拿起筷子就打算吃饭。

　　"哎哎哎，你好歹给个回应嘛，读大学的时候就是这副样子。"付谨碎碎念地抱怨着，看他还是不理会自己，忍不住唉声叹气，"唉，真不知道付乔看上你什么，闷葫芦一个！就上次你不是托我帮你在桐城找地方，一开始我让那丫头帮我查，她一口就回绝我了，说什么人民公仆为人民，不是为我们这些游手好闲的人开方便门，那叫一个大义凛然啊！我一说是你要找，二话不说，你说她到底是不是我亲妹子！"

顾默晗看他说得愤慨，暗自好笑。

"对了，我也好久没有见付乔了，上次的事情还没有当面对她道个谢，有机会一起吃个饭吧。"

"嘿，你小子亏得你还能想起来，听者有份啊，好歹我也是帮了忙的。"付谨忙不迭拿起手机就给付乔打电话。

付家这两兄妹，从大学起就不对盘，一直吵吵闹闹，但是在他印象里付乔那时候却总是跟着付谨，看着这个在家人眼里离经叛道、在同学眼里不着调的哥哥时，眼睛里满是崇拜，大概是因为付谨是唯一一个敢和家里对着干、随心所欲的人。

他记得他们对于梦想曾经的讨论，付乔曾说过她的梦想是做一个专业的女搏击手，中途却转进了警察学院，让他们都很诧异。付谨也追问过，付乔却告诉他用自己的双手保护人民群众、保护自己爱的人也是一个很好的选择。

顾默晗凝视着对面还在对着电话吵嚷的付谨："哎，我说你到底是不是我妹妹啊，我找你就没时间……我哪有胡说！你自己想想……喂？喂！还挂我电话，这死丫头！"

付谨拿着手机一脸气急败坏地骂骂咧咧，嘴角却不自觉荡开了一抹笑容。

有些人出生在什么样的环境，就注定了他以后要走的路，没得选择。

付家祖祖辈辈都是人民警察，兄妹俩总要有一个妥协。

付乔这么做，大约是为了成全付谨吧。

【3】

沈乐央和江晴起身正准备离开食堂时，沈乐央听见身后一桌的讨论声："你看啊，那个穿黑衣服的男生就是常瑜。"

"听说啊，他原来是在瞿淮一中读书，这个学期才转过来的。"

"瞿淮一中啊，那可是瞿淮最好的学校！为什么要来我们桐城啊？"

"听说是打架还是早恋……"

"啊！他好帅啊……"

……

沈乐央顺着她们的目光看过去，斜对面一个黑色的身影独自坐在桌前。

是那个坐在她后面整天都在睡觉的男生。

走在后面的江晴看她突然停下脚步，顺着她的目光看过去，推了推站着不动的沈乐央，笑着问道："怎么，你喜欢这一款啊？"

"你胡说什么啊！"沈乐央惊诧地转过头低声反驳，江晴若无其事的样子，好像刚才那句话不是她说的。

"喜欢就是喜欢，不喜欢就算了。有什么不好意思的啊！"江晴看她的样子却戏谑地笑了起来，笑眯眯的眼睛里满满的都是取笑。

正当沈乐央想要反驳时，却看到江晴转过身看着自己，神秘兮兮地压低声音说："我觉得啊，我还挺喜欢他的，是我喜欢的风格，很有挑战。"

说完她直起身倒退着一脸坏笑地看着沈乐央，此时她身后正好有一个人低着头向这边走过来，也全然没有留意到这边倒退着的人。

"小心！"

沈乐央伸手想要拉住她却已经来不及。

两个人撞在一起，江晴狼狈地坐在地上，沈乐央连忙将她扶起来。还没有站定的江晴看着四周全是盯着她们的人，顿时觉得难堪，气急败坏地就冲着身边的女生喊道："你没长眼睛啊！没看见前面有个人？"

那个女生帮着沈乐央把江晴扶起来，估计还没有反应过来，刚想道歉就听见江晴的指责，有些慌张地看着她们。

沈乐央拉了拉江晴的袖子，示意她不要说了。

江晴这不分青红皂白的指责本就有些不讲道理，沈乐央蹲下身捡起女孩掉在地上的书，看见扉页上写着班级和名字的秀气字体——叶思颖。

"同学，不好意思啊，我朋友不是故意的。"沈乐央将书递给她。

"不不不，是我不小心撞了她，对不起。"说着她就转向一旁还气鼓鼓的江晴向她道歉，"对不起，不好意思……我刚刚……"

江晴看她唯唯诺诺说不出一句整话的样子也不好再发作，于是甩甩手："好啦好啦，算我倒霉。"

说完也不理会叶思颖，她拉过沈乐央说："走了走了。"

沈乐央看江晴这个样子，抱歉地对着还不知所措站在原地的叶思颖笑了笑，跟着江晴走了。

等她们走远了，沈乐央还是忍不住开了口："那个女生好像是咱们班的同学，你刚才那样是不是……"

江晴还没有等她说完就满不在乎地打断她："管她是不是！撞了我就是她的不对！再说了，你看她那个样子，啊呀我不会怎么样她的啦！"

江晴知道沈乐央也是怕自己记仇，之后再给同班同学脸色看，于是摆摆手："你看刚才，我都还没说什么她就快哭了，我要怎么着她了她不得受不了跑去自杀啊？我才没这么蠢！"

江晴言之凿凿的样子让沈乐央有些哭笑不得："你呀，你这个脾气什么时候才能改一改！"

走在前面的江晴闻言突然停下来，跟在她身后的沈乐央差点撞到她。

"你怎么突然……"沈乐央还想说什么，看到她的神色却愣住了。

只见江晴眼神冷冷地看着地面，紧咬着唇，手紧紧地攥着。

"江晴，江晴？"前一秒还咄咄逼人的江晴这一刻突然变成了她没见过的样子。

"走吧。"沈乐央正有些担心，江晴突然淡淡地说。

她在沈乐央看不到的角度用力地眨了眨眼睛，咽下满心的苦涩。

有些人你可以假装已经忘记，但是有些回忆却只要一句类似的话语就可以轻易地把你带入你迫不及待想要丢弃的过去中。

那些温柔的、无奈的、宠溺的感情，那个永远眼眸带笑的体贴的人。

"江晴啊，你这个脾气，什么时候才能改改？"

与他有关的回忆即使被自己刻意遗忘在蒙满尘垢的角落里，但是只要一句话、一个眼神，甚至一个相似的背影，只要有一点与他相关的事物出现，回忆就如同潮水一般涌现。

每到这个时候，江晴就无比渴望自己从来没有遇见过他，也无比痛恨自己的没出息。

晚上十点，顾默晗将车在停车场停放好，习惯性地抬头看了一眼自家的楼层，灯还亮着。

顾默晗心里突然涌出一种奇怪的感觉，以往自己不论工作多晚回到家或者宿舍都是一室寂静的黑暗，许久没有回的家此刻却还是灯火通明。

晚上飞行是一件比白天飞行更疲累的事，往往需要耗费白天的十倍精力。结束工作后，他心里想的第一件事就是乐央在家还好吗，算算自己也已经三天没有回家了。虽然自己给她打电话她也不会接，但顾默晗还是忍不住想知道这三天她一个人在家还习惯吗。

以前这么晚了他是绝对不会回家的，直接回机场宿舍休息；现下心里有了惦念，是一种很新奇的感受。

到了家门口，掏出钥匙打开门，原本躺在沙发上玩手机的沈乐央惊得弹起来，紧张地注视着门口。看她跟受惊的兔子一样，顾默晗在心里暗自好笑，紧绷了一天的神经也放松下来。

"怎么还不睡？"顾默晗随意地问了句，试图缓解尴尬的气氛。

沈乐央却不理他，离开沙发往自己的房间走去。

顾默晗站在门口看着她离开的背影，走到茶几旁，拿起茶几上的课本细细地看着。

沈乐央回到房间，有些疑惑，他怎么这么晚了还回来？

趴在墙上听着外面的动静，顾默晗好像一直待在客厅不知道在干吗，还有为什么他回来了自己就要躲回房间里，多丢份啊。

隔了许久，她听到门外传来脚步声，沈乐央快步跑到床边在床上坐好。

顾默晗在沈乐央房门前停下，沈乐央听到顾默晗在门外说："你的拖鞋我给你放在门口，早点休息。"

然后就是他回房的关门声。

沈乐央有些气闷，她依旧觉得如果不是顾默晗，也许自己的妈妈就不会走，都是因为顾默晗。

从桐城回来已经一个多月，她也逐渐意识到妈妈已经离开自己这一事实。

特别是每次放学回到家时，这种认知更加让她难受。

从桐城回来的那天晚上，顾默晗说："在你回到瞿淮之前，我会代替你妈妈照顾好你。"

每每想起这句话她都会难受，她坐在床边，心里怒气升腾。

顾默晗洗漱完刚睡下，隔壁沈乐央的房间突然响起一阵震耳欲聋的摇滚音乐，让他登时清醒。

顾默晗疲惫地翻过身，没想到隔壁的音乐声越来越大。

终于他忍不住起身，走到沈乐央门口敲了敲门。

"乐央。"

除了音乐撞击着耳膜没有别的回音，于是他用力敲着门："乐央？"

依旧没有人应答，他按压着不断跳跃的太阳穴，正想开门时，门铃响了。

他皱了皱眉，走向玄关，从猫眼里看出去，一个穿着睡衣、身形略胖的中年妇女正一脸不耐烦地敲着门。

顾默晗无奈，打开门。

"哎，我说你们家怎么回事？这大半夜的这么吵？周末就不用休息了是吧？"女人在他刚打开门的时候，就火大地骂道。

"你不要睡，我们还要睡，这么晚了放音乐你是要开演唱会吗？看你长得人模人样的，怎么这么没有公德心？"

"我警告你，你再这个样子我可要报警了啊！你现在已经是扰民了你知不知道？"

"我也不跟你废话，你赶紧关了啊。"女人不耐烦地看着他，连珠炮一般地怒斥。

"不好意思，我马上关了。"顾默晗半鞠躬地道着歉。

女人看他这个样子也不再说话，干脆利落地转身。

顾默晗关上门，感觉太阳穴更疼了。

打开沈乐央的房门，看见她坐在床上看也不看他，顾默晗终于爆发。

"沈乐央，如果你是不满我回来，你大可以跟我说，你大半夜的这么吵闹，不光是影响我休息，你让邻居怎么想？如果你是因为我，那我现在就走，请你把音乐关了。"

说完不等沈乐央有反应，他回房换好衣服就离开了家。

随着"嘭"的一声关门声，沈乐央才终于回过神来，关掉了嘈杂的音乐，心里却开心不起来。

顾默晗开着车匀速疾驰在寂静的马路上，夜深人静，路上的车辆已经很少了。

他回想起刚刚在家的情况越想越气，他想起回家前自己还在担心她，没想到一个多月过去了，她还是这么厌恶自己……

"滴滴——"

一声突兀的喇叭声响起，迎面而来的车灯有些晃眼，顾默晗下意识地将方向盘向自己拉，却反应过来自己是在驾驶汽车而不是飞机，于是立刻将方向盘向右打，想要避开迎面而来的车辆。

伴随着剧烈的撞击，顾默晗双手紧紧地攥着方向盘，以减轻惯性带来的伤害。

顾默晗坐在驾驶座上，看着与路边树干亲密接触的车辆，深深地吸了一口气。

他掏出手机拨通了付谨的电话："喂，你来一下君源路……我出车祸了……没大事，只是撞在了路边的树上……嗯，好，我在车里等你。"

电话那头，原本还睡意蒙眬正抱怨着的付谨立马清醒过来，换好衣服就急匆匆出了门。

等到付谨驱车赶到君源路找到顾默晗的时候，顾默晗正坐在车里不知道在想什么，他将车停在顾默晗车边，按了下喇叭，打开车门等顾默晗上车。

"你怎么回事？怎么撞树上了？"

"没什么，没注意就撞上了。"顾默晗疲惫地揉揉眉心。

付谨注意到他的动作："怎么？头疼？头晕？撞着头了？"

"没事，困的。"

"顾默晗你就唬我，我送你去医院，你万一撞出个什么好歹来，你以后就别指望着飞了！"说话间，车子一个拐弯，往人民医院驶去。

到了医院据医生说，有一点轻微脑震荡，当下付谨就有些心惊。

"脑震荡？医生，他可是飞行员，会影响他日后的飞行吗？"

穿白大褂的医生看着他一个没事的比面前的当事人还着急，笑呵呵地说："只是轻微脑震荡，会有一点恶心、呕吐、头痛、头昏的症状，建议留院观察两天，没什么大问题的话回家休养一至两周就好了，不会有什么后遗症的。"

顾默晗注射完镇定剂躺在病床上："今晚谢谢你了，这么晚了还打扰你休息。"

"哪儿的话，你啊，兄弟这么些年你还想这些！这段时间养伤好好休息吧。我走了。"付谨看他一脸疲惫的样子也不再与他多说。

　　走到门口的时候，他想起来交代顾默晗说："我来的时候给付乔打了电话，你的车让人给拖走了，明天我给你送去维修啊。"

　　"嗯，谢了。"顾默晗随口应着，看着窗外的星空不知在想什么，渐渐陷入了沉睡。

第三章

这个地方是绝望的人最后的希望。

【1】

清晨，沈乐央在顾默晗家仔仔细细转了一圈，才发现顾默晗真的不在。

昨晚丢在桌上的课本上，那道她苦思许久都没有解出答案的题目旁边的稿纸上，整齐地书写着解题步骤。

字迹很熟悉，就像那时候在她家里为她辅导功课的时候一样的书写习惯，一样的有力和棱角分明。

字如其人，这是常常听人说的一句话。

中学的时候自己还是非常散漫的性格，根本没有心思沉下去专心练字，怎么舒服怎么写，所以沈乐央的字洋洋洒洒的就算在横格纸上也排列不整齐，杂乱无章。

因为字不好看，沈乐央经常被罚抄。

有一回顾默晗来的时候，沈乐央还在练习本上来来回回地写自己的名字。

顾默晗低头看着她有气无力的样子，却笑了。

"你知道，你的名字寓意很好。"他微笑着坐在书桌一旁的椅子上，拿起笔在一本书上的扉页流畅地书写着。

"长乐未央"，笔力遒劲、干净利落，看着他的字，沈乐央的脑海里不知道为什么浮现出一排傲立在边疆的白杨树。

"这个词语的意思是欢乐不尽。"

其实那时候，她是很佩服顾默晗的，一开始她也以为他只是数学好而已，渐渐地却发现不论是什么科目，甚至是冷门的文史，都是信手拈来。

那本他写着长乐未央的书一直就在她家，在后来的很长一段时间里，她都在对着那四个字反复地临摹。

欢乐不尽。

她的名字里满满的都是期许和祝福，妈妈也说过，当初给她起名的是爸爸，爸爸说希望她长成一个坚强的人，每一天都过得开心就是他最大的愿望。

顾默晗是为了报答爸爸的知遇之恩才对她百般包容，也是因为这个才答应了妈妈照顾她。

只是她心里一直不愿意去承认而已，总觉得找到这么一个借口，自己就不会去怨恨妈妈离开了她。

她只是不敢正视因为被抛弃而去怨恨这个事实。

其实她昨晚也不是存心要逼走他。

正这么想着门口传来一阵钥匙开门声，沈乐央僵直身体坐在沙发上，强迫自己不要回头。

付谨早上去医院看顾默晗的时候顾默晗还在睡着，想起这两天顾默晗都会在医院留院观察，于是自作主张地拿了他家的钥匙想给他把换洗的衣物拿过去。

没想到刚一打开门，就看见坐在沙发上的女孩。

他的第一反应是退出玄关看了看门梁上花体的门牌号，努力辨认一番，确认自己没有走错门，的确是顾默晗家没错。等他走进门发现手中还牢牢地捏着钥匙时，这才反应过来自己拿着钥匙把门都打开了怎么可能走错门？！

难道是这个姑娘走错了？难道她是个贼！

付谨这么想着，便脱口而出："你是谁？"

沈乐央听着这陌生的口音，什么也顾不上了，转头看见果然是个陌生人，心中咻地警铃大作："你是谁？你怎么会有我家的钥匙？"

"你家？"

"对！你是谁，来我家干什么？"

付谨正在疑惑间就听见沈乐央焦急的声音。

"你说不说！你信不信我现在就报警！"沈乐央拿起手机佯装要打 110 的样子。

"等等，等等，你让我好好想想。"付谨想起最近这段时间顾默晗时不时就打电话，还有一下飞机就往家里赶的反常举动，难道是因为她？

叫什么名字来着？

"乐……乐……"付谨正在苦思冥想间突然听到沈乐央拿起电话语速非常快地说："喂，是警察吗？我家进了一个陌生人，问他是谁他也说不出，我怀疑他是小偷！"

付谨反应过来，脑袋顿时灵光一闪："乐央！乐央！"

"我是顾默晗的朋友，我帮他回家取东西的！"说着他扬起钥匙，还将钱夹掏出来，钱夹里是一张三人的照片，沈乐央接过钱夹仔细辨认，照片的左边那个是顾默晗，最右边是一个笑得一脸灿烂的男生。

沈乐央左手拿着钱夹，举到付谨脸旁，仔细看看照片，再看看付谨，皱起了眉头。

付谨以为她认出来了，连忙冲她友善一笑。

沈乐央看他笑得一脸蠢样，在心里暗暗想着："这牙的确跟照片里很像。"于是将钱夹还给他。

"喂，谢谢警察叔叔，是我弄错了，不好意思。"

挂断电话以后，如果她刚才没有听错的话，他说他是来帮顾默晗拿东西的？

"顾默晗呢？他自己怎么不回来拿？"沈乐央低着头假装不经意地问向顾默晗房间走去的付谨。

"哦，他啊，昨晚不知道怎么开车撞树上了，在医院呢。"付谨漫不经心地回答。

"你说什么？"突然拔高的声音把付谨吓了一跳，转过身他就看见沈乐央已经冲进了房间，"他出车祸了？"

付谨看她明显吓着了的样子，意识到自己的语焉不详误导了她，立刻解释道："没事没事，就在树上蹭了一下，没什么事，留院观察一下就好。"

留院观察？就好？沈乐央不敢置信地看着眼前这个人。

看她还不放心，他继续说道："医生说只是轻微脑震荡，针都不用打，在家休息几周就行，休息好了照旧活蹦乱跳的。"

沈乐央实在是想象不出顾默晗活蹦乱跳的样子，但是听眼前这个人的意思好像是说没多大的问题。

"那，他什么时候回来？"沈乐央转身出门前问道。

"那我就不知道了，应该就这几天吧？"付谨转过身去继续在衣柜里翻找着，嘴里也不停地碎碎念，"你也不要担心啦，他身体很好，恢复得很快的。这家伙半夜三更开车也不注意点，还好这次只是蹭树上了，万一撞出个好歹，他这辈子都别想进驾驶舱了！"

"哦。"沈乐央听到"半夜三更开车"这几个字的时候，急忙低下头，就像是怕被看出来顾默晗半夜开车出去是因为自己。

付谨看沈乐央的情绪突然之间就低落下来，不禁有些奇怪。

"麻烦你出去的时候把门关上，谢谢。"说着沈乐央逃跑似的跑回自己的房间，"嘭"地关上了自己房间的门。

听着隔壁房间窸窸窣窣的收拾声，昨天晚上自己也是这个样子在房间里偷听隔壁的动静，如果昨天顾默晗说要走的时候自己拉住他跟他道歉了，他是不是就不会走了？如果昨天自己没有故意惹他生气他就不会出车祸？不知道他怎么样了？如果因为自己的任性让他没办法再开飞机，那该怎么办才好？

沈乐央的心中浮现起一丝自责。

周末过去了，顾默晗还是没有回来。

从顾默晗回家的那天晚上到第二天付谨的到来，那一段时间的记忆就像是一场梦一样，沈乐央多么希望这是自己梦中虚构的场景。

没有争吵，没有车祸，没有陌生人。

唯一让沈乐央确定这件事情真实发生的依据是，顾默晗不再给自己打电话，甚至连短信都不再有。

沈乐央心中有事，脸上表情也是淡淡的。

"你的手机今天是不是坏了？"江晴有些疑惑，今天吃午饭的时候竟然一反常态一个电话都没有。

"啊，不知道，应该是吧。"沈乐央讪讪地应和着。

回到教学楼，两人拐上楼梯的时候，江晴还在调侃她："你今天不太对劲啊，做什么都是蔫蔫的，你，不会是失恋了吧！"说到后面江晴自己都忍不住笑了起来。

"你一天到晚都在想些什么啊，都没恋过怎么个失恋法啊？"沈乐央抬眼斜睨着她，知道她是看自己不对劲想逗逗自己，无奈地道，"咱俩天天在一块，你看我像是谈恋爱的样子嘛？"

"说得也是，你要是敢偷偷背着我谈恋爱，你看我不……"江晴说着说着，突然拉了拉沈乐央，向着前方努了努嘴，"乐央，前面那个是不是上次撞我的人？"

沈乐央顺着她的视线看过去。

本来就狭窄的走廊里，几个男生堵在那里，叶思颖被围在最中间，抱着书本满脸通红地躲闪着。

沈乐央远远地听到他们聒噪地说着低俗的笑话，满脸坏笑流里流气的样子，她看着觉得有点恶心。

　　江晴看着那一群人还有中间那个女孩，过去那些满是嘲笑戏弄的脸如同走马灯一样一张一张地在她脑海里来回闪现，那些满是讥笑的话语、不怀好意的笑声在脑海里不停地盘旋。

　　"给我滚开！"江晴突然吼了一句，沈乐央吃惊地看着她，却发现她这句话似乎不是对着眼前这群人说的。

　　走廊的喧哗登时被掐断。

　　"你谁啊你？"一个男生率先反应过来，一脸嚣张地看着她。

　　她们一米六几的身高站在这些一米七一米八的男生边上显得有些瘦弱，连被他们包围在中间的叶思颖都忍不住抬起涨得通红的脸，担忧地看着她们。

　　沈乐央将江晴揽在身后，看了一眼那个被欺负的女孩小心翼翼看她的样子，又嫌恶地看着眼前几个男生，揶揄道："一帮子大男人欺负人家一个女孩子，你们父母很为你们骄傲哦。"

　　后来据叶思颖的回忆，那不是她第一次被人欺负，却是第一次有人替她说话，虽然这个出头的人初衷也许不是为了自己，而是为了她身后那个女生。

　　叶思颖看着她一脸讥讽的嚣张样子，还有那股子恣意、天不怕地不怕的气势，让她觉得女生最好的样子莫过于此。就是在那一刻，叶思颖无比地希望有一天也会有一个人可以这么将自己护在身后，为自己挡下一切恶意。

带头的裴元皓因为沈乐央这句话，脸有些涨红："臭丫头，你说什么呢你！"

沈乐央并不搭理他们，江晴看了一眼仍耷拉着头的叶思颖，拉着她的胳膊对沈乐央说："别跟他们废话，脑袋里都是渣滓的人你说了他也听不懂。"

"臭丫头，你们别走，你给我把话说清楚！"说着几个人就要去抓她们的肩。

沈乐央看他们像是要动手的样子，当即大喝一声："把你的脏手拿开！"

在他们推搡间，没有人留意到叶思颖没有站住向后跌去。叶思颖认命地闭上了眼睛，却感觉有一只温暖的手将她拉住。

从教室里出来的常瑜拉着这个即将摔倒的陌生女孩的胳膊，等她站好后把她往后面推了推。

他一言不发地向前走去，在沈乐央面前正好停住，目光在她身上略作停留随即便移开，接着将视线投向眼前的几个男生，脸上明明没有过多的表情，却让人不自觉地往后退。

沈乐央记得这是坐在她后桌的那个男生，隐约觉得刚刚他看自己的那一眼有些意味深长。

常瑜站在沈乐央和裴元皓中间，不着痕迹地将沈乐央护在身后："你们挡着我的路了。"高高挑起的眉毛透着一丝危险的挑衅。

裴元皓有些语塞，却又觉得面子挂不住，刚要发难，站在他背后的郭跃认出了常瑜，当即拉了他一把，挤进两人中间，对着还打算说些什么的裴元皓使了个眼色，挥着手笑呵呵地说："误会一场误会一场。"

沈乐央看着他们小丑般的模样，拉了拉江晴说："走了。"

常瑜也不欲挑事，看她们回了教室，于是便穿过人群离开。

几个男生盯着常瑜的背影恨得咬牙切齿，裴元皓低声咒骂了一句，转头不满地说："郭跃你拉着我干吗？你还怕这么个小白脸？"

刚才还在打着哈哈的郭跃瞥他一眼，嗤笑一声，压低嗓音说："你真以为在学校里横行霸道就天不怕地不怕了？"

"刚才那个人就是我之前跟你们说的常瑜，我们打架闹事不论如何都要看谁能惹谁不能。"

"他……他就是那个不能惹的！他不怕惹事，他爸就是当官的，咱们惹不起。"

裴元皓听了郭跃的话，看向那个渐渐远去的背影，恨恨地咬了咬牙："常瑜是吧，我记住你了。"

叶思颖跟着她们回到教室，怯怯地说着："谢谢，给你们添麻烦了。"她心里明白，裴元皓那一伙人在学校里不好惹，自己被欺负也不止一次了，忍忍就过去了。但是今天她们帮了自己，恐怕被裴元皓记恨了。

"没事，小意思。"

"谢我们干吗，刚才让他们停手的也不是我们。"江晴满不在乎地说。叶思颖的脑海里逐渐浮现起常瑜的脸，刚才是他拉住了自己，手不自觉地覆上刚才被他抓着的手臂，心跳逐渐加快。

看着叶思颖的脸又开始泛红，还以为她是因为自己的话不好意思，江晴又忍不住开口："你为什么总是这么……老老实实的。"江晴犹豫了半天，挑了一个比较温和的词语，"你不知道就是因为这样子才容易被欺负吗？"

江晴说完，沈乐央都诧异地看着她，江晴不是那种喜欢惹麻烦上身的人，刚才那句呵斥本就出人意料，现在这句话还颇有些恨铁不成钢的意味。

再搭配着江晴一脸认真的样子，沈乐央忍俊不禁，"扑哧"一声就笑了出来。

"你笑什么？乐央，我还想问你，你是不是认识刚刚那个常瑜啊，看他很护着你的样子。"

"哪有护着我啊，他那时正好路过。"沈乐央看她越说越没谱，忍不住出言纠正。

江晴看她一脸笃定的样子，想起刚才常瑜明显维护意味地站在她前面时若有似无的眼神，陷入了深思。

"哎呀，你就放心啦！我不认识他，我还记得呢，上回不知道是谁说他对胃口。"沈乐央看她皱着眉不知道在想什么以为她在为难这个，用肩膀推了推江晴，坏笑着说，"我不会跟你抢的。"

"还是你够意思。"

那天回家的队伍从原本的两个人变成了四个。

放学的时候江晴怕叶思颖在半路上又被人堵住，于是提出大家一起搭伴走。

在校门口，她们碰到了正靠在围墙上抽烟的常瑜，不同于这个年纪钟爱的各种刘海，他的头发短得就像是剃光头后堪堪长出一指节长。黑色的外套、黑色的 T 恤、黑色的牛仔裤，左脚撑在地上，右脚微微屈起，校服外套攥成一团随意地搭在右肩，右手拎着书包，左手的食指和中指间夹着一根香烟，夏天的傍晚特有的橘红色夕阳镀在他的身上，一副落拓样子。

沈乐央听见江晴喃喃地说："真帅！"

阳光将他半边脸染成了金色，另外半边掩藏在阴影之下，沈乐央盯着他脸上光与影之间那模糊的交界处，一股怪异感油然而生，一边是率真少年的俊逸爽朗，一边阴郁得没有一丝生机。

"嘿，帅哥，要不要一起走？"江晴突然朗声朝常瑜喊道。

常瑜抬起头看着她们这边，眯着眼似在打量着她们，然后低下头用力地吸着烟。

沈乐央看了眼因为常瑜低头抽烟而尴尬的江晴，轻声说："走吧。"

三个女孩向着反方向走去，叶思颖在拐角即将看不见他的时候抬起头匆匆地看了常瑜一眼。

"叶思颖，不是我说你，不要老是低着头一副好欺负的样子，就是因为这样才老是有人欺负你的。"江晴看她反而把脑袋垂得更低的样子，跑到她的面前用力地把她的脸捧住，让她平视自己。

"乐央，乐央，快快……快看，你看这样是不是有自信多了！"

沈乐央走到两人身边，看着叶思颖被江晴捧得有些鼓起的脸颊配合着她无辜的眼神，再看看江晴一脸需要被肯定的迫切表情，"扑哧"一下就笑出了声。

"哎，你笑个什么劲啊！"江晴看她一脸忍俊不禁的样子，再看看叶思颖绯红的脸，也跟着笑出了声。

叶思颖虽然不知道她们在笑什么，但是快乐好像会传染，她觉得自己的心难得地被泡在了蜜罐子里，恬静的小脸上也泛着笑容。

三人像傻瓜一样，看着彼此的笑脸，满心欢喜。

"走吧，回家了。"

沈乐央在转身的时候瞥见常瑜的身影，但他似乎并没有看见她们一般。

三个人的家不在一处，叶思颖在岔路口指着左边的马路说："我要往这边走。"

跟沈乐央和江晴分手后，叶思颖站在原地看着她们离开。

走过马路的沈乐央瞥见她呆愣愣地站在那里，于是向她挥着手道别。

"明天见！"沈乐央的声音穿过吵嚷的喧嚣传递过来。

叶思颖微笑着也向沈乐央挥手。

看着沈乐央逐渐远去的背影，叶思颖低下头向着右边小巷走去。

常年见不到光的小巷有种别样的阴寒。

常瑜看着瘦弱的女孩逐渐隐匿在漆黑的巷子深处，眉峰逐渐隆起。

【2】

沈乐央拿着钥匙打开门，原以为和往常一样空无一人的房间里，却传来熟悉的问候声："回来了？"

顾默晗看她一脸诧异地转身，鞋也没来得及穿，就跑到沙发前。

沈乐央想要问问他有没有好一点有没有难受，但是张了张嘴却又说不出口。

顾默晗看她在自己身上上下打量，想起那天早上在病房里醒过来以后，付谨将钥匙拿给自己时间的话："你家里怎么会有一个女孩子？你都没有打电话回去说你住院了吗？我跟她说起的时候，她还吓了一跳，一个劲抓着我问你怎么样，有没有受伤，那着急的样子……"付谨并不在意好友的答非所问，一个劲地在说沈乐央。

"她怎么样了，一个人在家还好吧？"顾默晗打断兀自兴致勃勃在诉说着的付谨。

不知道为什么心里有一种自家养护许久的珍藏被隔壁家坏小子惦记的感觉，顾默晗摇头挥开这种错觉。

按付谨的意思，据说沈乐央很担心他的伤势，其实他也明白付谨说话一向天花乱坠的，但是他心中也隐隐希望，付谨说的就是事实。

所以他今天回到家后，就一直在客厅里等着她回来。

"你，不是在医院吗？"虽然心里觉得难堪，但是她还是倔强地想要知道他的伤情。

顾默晗闻言，神情逐渐柔和，将膝盖上的电脑放下，说："放心，我没事。医生说在家休息几周就完全没事了。"

"哦，好。"沈乐央转身，拎起书包打算回房间，走了两步却又停了下来。

"怎么了？"顾默晗感受到她的踌躇，耐心地开口认真地看着她。

沈乐央转身，他是真的很耐心，不论是以前教自己那些枯燥无味的知识的时候，抑或是自己任性地冲他吼的时候，或者是现在自己都理不清自己内心的挣扎犹豫的时候，他似乎一直都是这么不厌其烦，却也显得有些不以为意。

还是因为不在乎，只是公式化的，所以没有过多的情绪。

就像学生即使抱怨也不得不完成的作业，上班族觉得繁琐却不得不接受的工作一样，沈乐央其实也害怕顾默晗只是把和自己在一起看作是一件工作，只是为了报答，只是为了弥补，只是因为责任而已。

这个世界上没有突如其来的好，她害怕是自己认为的这个样子，所以一直用最凶恶的方式对待他交付过来的善意。

其实就像一只迷路的狼崽，在陌生的环境里，面对的都是不熟悉的人，有好心人想要帮助它的时候，因为善意伸过来的那只手却会让它恐慌，它会露出自己身上最锋利的地方去威慑对方——凶狠的獠牙和尖锐的利爪，其实只是害怕别人伤害自己而已。

"医生说让你好好休息，你……"她伸出手指指一旁的电脑，心里却暗讽自己的多事。

顾默晗看着她稍稍抬起的手着急地收回，最后背着手尴尬地站在那里。

顾默晗低下头粲然一笑，这小丫头连关心人都这么别扭。

他敛起嘴角，说："跟公司请假，为了好好休息。"他没有意识到自己言语中隐隐的调侃。

从刚才看见顾默晗的那一刻起，她心里就憋着想说但说不出口的话，这几天，她的胸口一直郁结的情绪就像是云雾笼罩山林，影影绰绰，那些不知名的情绪一直在迷雾里徘徊着，找不到出口。

"我，那天……我……"她终于开口。

好像有风拂过。

"那天，我，对不……"她组织着语言想要表达自己的歉意却仍然说得磕磕绊绊。

顾默晗蓦地开口："乐央，那天只是意外，我没事，会好起来的。"

我没事所以你不用自责、不用道歉，也不用手足无措，一切都会好起来的。

沈乐央看着他的眼底似有星光浮动，嘴角微扬，笑意盈盈的样子。

云开雾散，阳光照拂下来，风也开始摇曳。

沈乐央不禁也跟着他笑起来，眉眼弯弯的。

"那我去房里写作业，你休息吧。"

"如果有不会的可以问我。"

"好。"

日子似乎已经逐渐步上了正轨，顾默晗在家休息了两周，这两周里，沈乐央不再与他针锋相对。

顾默晗从医院回到家的第二天早上，沈乐央早早就起来，准备去上学的时候出了客厅就看到了在厨房的顾默晗。

"你怎么起这么早？"

看他端着三明治走过来，沈乐央不禁说："不是说好好休息嘛！你起那么早干吗？"

顾默晗微笑地看着她，把盘子递过去。

沈乐央气鼓鼓地接过，想了想还是转身别扭地说："你不用起这么早给我做早餐，医生都说了要你好好休息！"

顾默晗站在餐桌旁，看着她装作随口一提的样子，轻声地说了一声："好。"

好好好，每次都说好，那会儿让你不要给我打电话你也说好！怎么每天还是按着饭点打来，我不挂你就不停！沈乐央忍不住腹诽。

"快吃，吃完了我送你去上学！"

"怎么送？"

顾默晗听到她反问的这句有些拿不准她是什么意思，从旁边的矮柜上拿起汽车钥匙晃了晃。

"你还想开车！你……你……医生都说了让你好好休息！"沈乐央浑身绷得紧紧，声音也不断拔高，顾默晗被她凶得一愣。

"你在家好好反省，我去上学了！"

伴随着大门关上的声音，顾默晗反应过来，这丫头……

他总觉得在沈乐央心里，现在自己就像是一个易碎的玻璃娃娃，大约是还在为自己车祸的事情内疚，想起她小心翼翼表达善意的样子，还有刚才她说"在家好好反省"，他不自觉地将车钥匙放回矮柜，摇着头笑了起来。

【3】

夏天的雨总是来得特别突然，上午还是炙烤般的闷热，下午就突然下起了倾盆大雨。

空气中充满湿漉漉的水汽，乌蒙蒙的天空中还时不时炸响一声雷，雨水细密地砸在地上溅起阵阵水花。

"啊，怎么突然就下雨了啊？"江晴快快地看着教学楼两旁同样愁眉苦脸的人群。

沈乐央也无可奈何地耸着肩，心里想着这该怎么走啊。

"那是不是常瑜？"江晴突然伸手指向在雨幕中从容行走的黑色背影。

沈乐央正想细看的时候，手机铃声突然响起，她从书包里摸出手机，是顾默晗。

"乐央，你在哪里？放学了吗？"

"嗯，放学了，我在教学楼呢，雨太大了，我和朋友都没带伞，可能要晚一点才能回来。"

"好，你们待在教学楼不要动，我马上过来。"

顾默晗说完便不容置疑地挂断了。

"我家，等会儿有人来接我，说让我们等一下。"沈乐央对江晴和叶思颖说完后就不再说话，心里有些埋怨起这雨来。

顾默晗在校门口的商店里多买了一把伞，才向教学楼走去，没多久就在人群里找到了特地站在人群最外边的沈乐央。

沈乐央远远地就看见了他，颀长的身形笔直，就连走路都格外挺拔，右手撑着一把黑色的雨伞穿过雨幕径直向自己走来。

顾默晗走到她的面前，稍稍将伞向她伸过去，方便她过来，然后将左手的伞递给她。

沈乐央将伞交给江晴，嘱咐她们跟着自己走之后便不再说话。

顾默晗隐约觉得她情绪有些不对，解释道："雨太大了，一时半会儿停不下来，你又没带伞，就像你担心我一样，我也会担心你。"

江晴拉着叶思颖跟在他们后面，看着顾默晗将伞向沈乐央倾斜，伞面上滑下的颗颗水珠打在了他的肩头，只见他略弯腰似乎在说些什么。耳旁哗啦雨声和雨水砸在绷紧的伞面上的噼啪声，她听不见他们的声音，只是看到了顾默晗的侧颜，眼睛里都盛满了笑意。

　　车上的暖气烘得被雨水淋湿的身体逐渐回暖，沈乐央将朋友和顾默晗简略介绍之后便不再说话。江晴在后座想起了刚认识沈乐央时总是给她打电话的人的备注就是这个顾默晗，最近这两个星期沈乐央每次接完他的电话之后都是一脸的笑容。

　　先将江晴送回家后，再把叶思颖送到每一次分开的地方时，沈乐央反复确认要不要送她到小区楼下，叶思颖只是淡淡地摇着头说："车开不进去，不远了，没关系。"

　　"好吧。"沈乐央于是将伞递给她，跟她挥手告别。

　　下车的时候，叶思颖看见顾默晗神色晦暗地盯着不远处的八角巷，心里咯噔一声，不自觉地忐忑起来。

　　好在不一会儿，顾默晗就重新发动引擎，叶思颖站在原地看着黑色的车渐渐汇入车河隐匿不见，才深深呼出一口气，向八角巷走去。

　　"怎么了？"沈乐央感受着车里沉闷的气氛，问道。

　　"刚刚那里，有个叫八角巷的地方，在遇到你爸爸之前，我在那里住过一年。"

　　看她还是一脸困惑的样子，顾默晗继续说："雨果曾经在《悲惨世界》中说过'下水道是城市的良心'，因为宽阔的下水道可以为无家可归的流浪汉、穷途末路的受害者，还有无法曝露在阳光下的潜逃者提供一个遮风避雨的庇护所，这是资本化的城市给予贫穷和困顿的人们唯一的宽容，八角巷就是嵘城裸露在地面上的下水道。"

顾默晗曾以为自己再也不会来到这个地方，也一直不愿提起这个地方，但是现在再度提及却没有了当初的憎恨和绝望。

他说得委婉而宽容，因为有些过于阴暗的东西他并不想让她接触。

暗沉的天色让街边的霓虹早早地亮起，五彩斑斓的颜色透过车窗映在顾默晗俊朗的脸庞上，明明没什么表情，所说的内容也富有救赎意味，可是她却觉得他的眼神是那么冷。

沈乐央不知道发生了什么事情，但是她知道那段过往他讳莫如深。

她看着眼前这个人，突然发现其实自己完全不了解他，这个认知让她有些莫名的沮丧。

车厢里陷入诡异的沉默，两个人的心中却各自不平静。

每一个城市都有它最狼狈的地方，那个地方是这个城市最没有尊严、最肮脏、最绝望、最没有人想要踏足的地方。

八角巷就是这么个地方。

顾默晗认为"下水道是城市的良心"这句话原本的寓意显然现在已经不适用了，但是八角巷与下水道在某些方面却有相似之处，下水道是一个城市容纳废物的场所，八角巷则是城市接收被遗弃的人的场所。

八角巷名字的由来已经追溯不清，他曾听说八角巷许久以前是收容来自四面八方无家可归的人的地方，由四条笔直的路交叉汇成，每条路的中间是居民楼，由天空俯瞰，房屋与这四条路的形貌就像是蜘蛛织的一张网。

这个地方是绝望的人最后的希望，也是迷途的人的深渊。

它的每一个角落都涂满了毒液。

有时候叶思颖常常在想，人生下来对这个世界的第一声问候就是啼哭，似乎并没有谁是带着笑容来到这个世界的，是不是说明，我们来到这个世界其实根本就是一次历劫？

不然为什么我和我爱的人们所经历的都是苦难？

在叶思颖的记忆里，天空就是站在八角巷里两边的围墙笼罩遮挡的蔚蓝阴影，阳光就是被隔壁的高楼大厦遮蔽下堪堪洒在八角巷外的光线。

她从小就生活在八角巷，这里没有鸟语花香，只有无休无止的争吵、颓然坐在墙角的佝偻身影、妇女难听的谩骂、没办法干透的衣服和在潮湿的空气滋养下难闻的霉变味道。

不，还有爸爸烂醉如泥后的痴狂呓语和浓重的、熏人眼鼻的烟酒气息。

叶思颖颓然地举着伞，站在门外，都能听见里面爸爸醉生梦死的哼哧声，推开门进去满室狼藉。

"喝！"

"我还能喝……酒呢！酒……千杯不醉！"

不理会爸爸的胡言乱语，给他盖好毯子，爸爸又带着他那些乱七八糟的朋友来了家里，每每他们一拨人呼啦啦地来，神志不清地离开后总是留下一片狼藉。叶思颖将喝得烂醉人事不省的爸爸扶上沙发开始收拾房间，拉下爸爸在空气中兀自挥着的手。

自从妈妈走后，爸爸变本加厉，从前妈妈在的时候爸爸还多少有些顾忌，不会将他的狐朋狗友带回家来。

原先爸爸也曾有着雄心壮志想要依靠自己的双手，让妻子儿女过上幸福的生活，那还是在她出生前。

据妈妈说是她出生后，爸爸的生意才开始债台高筑的，债主越来越频繁地找上家门，家里的酒瓶子慢慢地多了起来。

那时候自己还小，还是小小的一团，窝在角落里看着两个最亲的人针锋相对，每每爸爸夺门而出后，前一秒还厉害得张牙舞爪的妈妈就仿佛脱去了全身力气，伏在沙发上号啕大哭。

妈妈的脾气也越加暴躁起来，对她的言辞自然也越加不客气，动辄就是大骂，骂完之后就在那儿哭。

总是能够听到这样的话，"你怎么这么没用，连这都做不好！""你跟你爸爸一起滚出去，再也不要回来了！"

　　后来妈妈带她去批命，算命的说她的命相大凶，但并不对本人有影响，而是对周围的人"极恶"，一般情况家人大多会遭遇不幸直至死亡。

　　自那之后妈妈就越发不愿亲近她，她稍微靠近一点，妈妈就会歇斯底里地大喊着："扫把星你给我滚远点！滚！"

　　她的心里很难受，很惶恐，不知所措，她小心翼翼地慢慢长大。

　　后来妈妈走了，抛弃了这个家，爸爸连清醒的时候也像是在醉着。

　　她不怪妈妈，也不怪爸爸，一点都不。

　　但是她也不明白，生活，为什么会变成这个样子？

　　她用力地倒在潮湿的被褥里，这样的生活，这样奋力想要挣扎却找不到出口的无望的生活，到底什么时候才能结束？

　　她想哭，但是干涩的眼眶中原本积攒的泪水早就被她消耗光了。

　　可能内向的女生都不讨喜，没有存在感的人更容易被欺负。

　　那天在走廊上，被裴元皓几个人拦下的时候，她真的窘迫得想死，她有时候在想可能自己死掉了，就不会这么痛苦了。

　　直到沈乐央和江晴出现，她认出江晴是上次那个在食堂门口撞到自己的很凶的女生，却鲜活得令她艳羡；而沈乐央，她像极了小时候自己蹲在八角巷口的墙角边伸手触摸的那一缕阳光，冬日里最凌厉的一束光，拯救了快要僵死的自己。

叶思颖觉得，如果没有她，自己大概早就已经消失在这个世界了吧。

后来那个男生来了，眼神冰冷，凶悍得让人害怕，但是他的手出奇地暖。

她愣愣看着天花板上斑驳的污渍印记，想起刚才离开教学楼时，不远处，他的手里紧紧地攥着雨伞，眼睛因为雨水微眯，水流顺着分明的轮廓汇聚至下巴，而后急速坠落至被淋湿的身上。注意到她的目光后他只是用手抹了一把脸，就隐匿回了黑暗中。

他应该，是个很温暖的人吧。

只是这么想着，她的心就开始不受控制地跳动，浑身都开始不自在，空气中的酒味，似乎也把她醉倒了。

第四章

她有些想他了。

【1】

教学楼楼顶的天台上，和风徐徐。

三个女孩背靠背地坐在天台上。

沈乐央在解着老师上午刚教的数学题，叶思颖看着远方不知道在想什么，江晴慵懒地靠在沈乐央的背上，稍稍用手背搭在眼睛上，从开合的指缝中盯着天空漫不经心地问道："乐央啊，你说常瑜为什么这么孤僻啊？我就没见过他给谁好脸色过，还整天穿一身黑。"江晴拉着正在苦思冥想的沈乐央说。

"不知道啊。"

听她随意地敷衍，江晴也不介意："你说他怎么就这么不好接近呢，这都多久了呀，一起吃饭，一起回家，统共加起来说的话超过三句了吗？"

"你可别冤枉人家啊，吃饭呢是你拉着我们过去的，回家呢大概是顺路吧。"

沈乐央拿笔点着下巴，想起每次吃午饭江晴都拉着她和叶思颖满食堂找人的样子，和他坐在一桌不论江晴怎么和他搭话他都置之不理，江晴自己都觉得有些不忍直视。

"你说怎么会有人喜欢独自一个人呢，一个人多难受啊，太孤单了。"江晴煞有介事地说着。

"你就这么喜欢他啊？"沈乐央有些不可思议。

江晴却呵呵地笑了起来："你知道吗，在初中的时候，我还没有来嵊城的时候，很长一段时间，我都是像叶思颖一样被人欺负着过来的。"

沈乐央有些诧异，她完全不相信像江晴这样外向甚至有些嚣张的女孩子以前居然也会被别人欺负。

"你别不相信啊，是真的。"似乎是感受到她的震惊，江晴缓缓地说，"那时候，我被欺负得很惨，每一天上学就是我的噩梦，班上每一个人都那么面目可憎，没有朋友，没有一点善意，所有的一切都不美好。"

"那时候，明明都是那么天真无邪的年纪，但是那些本该单纯得就像一张白纸的人，他们的血肉里、骨头里却都是透露着恶意的。你软弱，他们就越加恣意；你难过，他们就越加畅快。他们把所有的快乐都建立在你的痛苦之上。"

沈乐央听着江晴语气中满是悲哀，她没有经历过这些，但是想起叶思颖被裴元皓他们欺侮的时候江晴的反应，她忽然明白了江晴那时候的反应出自何因。

"后来，我遇见了一个人，是他庇护了我，也是他教会了我面对别人的轻贱，只有自己变得强大才有资本反抗，也是他让我懂得了什么是喜欢。"

江晴的声音缥缈得像是在做一个美丽的梦，这个梦的确曾经让她觉得妙不可言。

即使是沈乐央这个局外人也感受到言语之中透露出的美好感情。

这是江晴第一次袒露心扉，江晴心中隐隐地有一种如释重负的轻松。

"究竟喜欢是一种什么样的感情？"沈乐央有些困惑地问。

"他于我是药，拯救我走过贫瘠的蛮荒；我于他是毒，心甘情愿替他做一切，还怕他过于歉疚，远走他乡。"

叶思颖在一边愣愣地出神，听到江晴的回答时，她无法理解江晴话中包含的那种感情，但是她在心里暗暗地想："喜欢一个人，大概是会无条件地相信他的善良吧。"

顾默晗正在做晚饭，沈乐央在书桌前提着笔做作业，注意力却没有办法集中起来，于是干脆去客厅里看电视，她目不转睛地盯着电视，节目里演的什么她却根本没有在意。

锅里正在炖着汤，顾默晗将火调小慢慢地炖着。

走到沙发后，电视里正在播着滥俗的喜剧，他问："怎么了？"

"昨天在学校的时候……"她思索再三还是开口，但是后来涉及感情的部分却下意识地隐瞒了下来。

这个世界上有许多的不公平从人出生伊始就伴随成长接踵而至，她一直觉得就算每个人的生活环境不同，但是起码在人格上每个人都是平等的，她无法理解那种把别人踩在脚下的感觉。

她絮絮叨叨地说着，言语之间透出些茫然和愤愤不平。

"有些人需要一种存在感，一种践踏在别人的自尊上来满足自己虚荣的存在感。"顾默晗看着她神色低落蔫头耷脑的样子，许久才说出这句话。

"你觉得为什么她会把这些难堪的过去告诉你？毕竟按你现在说的，她的身上完全没有过去的影子。"

"大概是她把我当成朋友吧。"

"当人可以轻易地把过去受过的伤宣之于口的时候，说明她已经痊愈，你大可以不必为她担忧，就像你说的，她把你当成朋友，不是想要你去可怜她。"

沈乐央盘着腿坐在沙发上，隐约觉得下午江晴其实真正想要告诉自己的并不是她过去的凄凉。但是她不敢去深思，或许说是不愿意。

人总会有自欺欺人的时候，对明晃晃的真相视而不见，说服自己接受这些为了欺骗自己找出来的借口，会好受很多。

她突然很想问一问顾默晗为什么会对她这么好？

但是她不敢。

她有些害怕他给出的答案不是她想要的，她不知道如果真的是那样，她要怎样若无其事地接受。

时间过得很快，在笑闹间不知不觉就跑出去很远。

"乐央，怎么办怎么办，我不想和你们分开！"江晴语气焦急又带着不舍。

"又不是见不到面了，还是在一个学校啊。"

"不行不行，我才不想一个人！"

马上就要分科考了，沈乐央因为底子好，顾默晗假期的时候也会给她补课，所以成绩一直稳定在中上游；叶思颖虽然偏科严重，但是她的文科成绩也是班上数一数二的；唯独江晴，不论哪一科基本上都烂得不行。

"明天就死定了啦！"

"让你念书你不听，你又不能变成出卷老师肚子里的蛔虫，别闹啊。"沈乐央好笑地看着她，"分班以后我每天都来找你，不，每次下课都来！好不好？"

"好啦，好啦，好啦，一言为定啊。"

上课后，江晴的心思开始骨碌碌转了起来，她是不能变成老师肚子里的蛔虫，但是还有别的办法啊。

傍晚，校园里的人陆陆续续地离开了，偌大的校园寂静无声。

斜沉的夕阳将树影拉得老长，只有乌鸦粗劣嘶哑的叫声，使人感到又凄凉又厌烦。

教学楼里一个可疑的人影鬼鬼祟祟地在一排立柜中不停地翻找，借着屋子里最后一点光芒，她看着手上被卷成卷的、打着封条的试卷，得意地扬起了嘴角。

她从中抽出一张匆匆叠好塞进口袋，随后整理着手中的纸卷尽量让它不留痕迹。

当她收拾好一切，慌乱地关好办公室的门，心中压抑着激动快步离去时，在走廊拐角却撞到一个人。

江晴跌坐在地上气急败坏地看着来人，却没想到是常瑜。

"怎么是你？你怎么还没回去啊？"江晴一边站起来一边没好气地说。

常瑜却将从她口袋中滑落的纸团捡起来，隐约看见上面印着"模卷"的字样。

江晴慌忙从他手中抢过："还给我！"

她小心翼翼地收好试卷，拍着身上刚刚跌在地上沾上的灰尘，好像突然想起什么："嘿，要不要我给你抄一份，这样咱们几个就可以继续在一个班里了。"

常瑜瞄了他一眼，径直离开。

"喂，你不要以为我不知道，你喜欢乐央对不对？"江晴气闷地在后头喊道。

走在前方的男生并不回头，江晴心里暗骂了一声冰块脸，随后离开。

裴元皓站在窗子前看着不远处的常瑜，想起上次在走廊里常瑜给自己难堪的场景，恨恨地咬着牙，管他靠山有多大，惹了我，就要付出代价！

裴元皓在心里暗暗发誓总有一天一定要给他好看。

旁边的男生留意到他阴郁的神色，顺着他的视线看过去，不禁疑惑道："元皓，你说常瑜这么晚了还在学校干吗？"

不远处跑过来一个小矮个听到这话，有些得意扬扬地接口："我知道，你们知道我刚才去考务办的时候，看见他和上次那个小妞就在考务办附近，你说他是去干吗的？"

　　裴元皓闻言转过头来，眼睛里狡猾的光芒不停闪烁，果然，机会说来就来了。

　　"答案偷到了没？"

　　小矮个闻言也坏笑了起来，从口袋里掏出一张纸，一把就被裴元皓抢了过去。

　　"哎哎……"小矮个不服气地想要拿回去，"我还没抄呢！"

　　"别抄了，咱们这样考得太好那群老师也不会相信，不如……"话没说完，他脸上的笑容里满是算计。

　　教室里，同学们都在低头奋笔疾书。

　　沈乐央抬头看了一眼教室里来回巡视的监考老师，监考老师立马就看着她，她立刻低下了头。

　　今天的监考力度似乎比以往要严得多，她摇了摇头想着应该是因为分科考便不再理会。

　　教室里除了笔落在纸张上的"唰唰"声，只剩下黑板上的时钟指针跳转的嘀嗒声。

　　变故是在一瞬间发生的，原本一切都像表盘中紧密咬合的齿轮有条不紊地转动着，但是一瞬间，齿轮突然卡住、颤抖，最终绷坏，散落一地细碎的零件。

"你抽屉里的是什么？"监考老师突然在常瑜的身边弯下腰，将手伸进了他的抽屉。

监考老师的手上拿出一个揉皱的纸团，接着所有人都看到他打开纸团后神色晦暗的样子。

随后监考办的老师站在考场外一脸严肃地带走了常瑜。

随后学校贴出一张通告，江晴尤为在意地拉着沈乐央去看。

远远地，沈乐央看到叶思颖站在榜单下，人群中议论纷纷，不时传来作弊、处分、记大过的言论。

叶思颖看到江晴却是神色复杂，沈乐央有些不明就里。

"答案是你偷的吧？"沈乐央看见叶思颖一向低着的头此刻正倔强地扬着，直直地看着江晴，一脸笃定。

江晴有一瞬间的慌乱，随即立刻恢复过来："你在胡说什么。"

"有人说那天下午在考务办看见了你和常瑜，我看了你这次的成绩，完全不是你的水平，常瑜是不可能会做这种事的！"

"他不可能会这么做，那我就会了？你是想让我去考务办把他换出来还是怎的？嗯？还有你是他什么人？轮得到你来相信他？"

一句话犹如洪水一般击溃叶思颖所有的坚持，沈乐央看着她仿佛在一瞬间收敛了芒刺，喉咙中像是被什么东西卡住了，徒劳地张着嘴无法言语。

沈乐央被夹在中间，不知道该怎么办。

这是她这么久以来第一次看到叶思颖与人争执，却没想到也是最后一次。

【2】

空荡荡的大房子里，沈乐央觉得心里也空落落的，她神经质地颓然拿起手机又放下。顾默晗已经大半个月没有回来了，她有些想他了。

如果顾默晗在这儿，他一定可以告诉自己怎么去面对和解决，如果是顾默晗……

沈乐央的情绪突然很低落，放下手机，原来自己跟他还有这么远的距离，总觉得有他在身边就很放心。那他呢，会不会觉得自己幼稚和麻烦？

我已经做好了随时站在你身边的准备，但最害怕的是没有资格。

沈乐央忽然明白过来，心里为何如此难受。

手机的铃声打断了她的思绪，是江晴的电话。

驾驶舱内，顾默晗有条不紊地将器械收拾好，来到置物箱内拿出一个手提袋，不由自主地想象沈乐央收到的时候该有多惊讶。

肩膀上突然搭过来一只手臂："默晗，连飞了十几个小时，要不要跟我去'汪汪'喝一杯放松放松？"汪汪是一家酒吧。

"不了，我回家。"顾默晗说着推开付谨搭在肩头的胳膊向外走去。

"早点回家休息。"

付谨在他身后撇嘴，回家休息多无聊啊，家里养了小孩的人就是比较无趣。

想起他们刚飞到俄罗斯的时候，顾默晗这种天南地北落地就找地方睡觉的人居然跟着他一起下飞机了！

在那边的特色交易市场的时候，还问人家十七八岁的女生喜欢些什么。

唉，付谨虽然口头上嫌弃，但是打心里为他开心，觉得养小孩终于把顾默晗自己养得有个人样了。

但是当他到了酒吧后，他无比后悔，历经九小时的长途飞行后自己为什么还要来酒吧！

沈乐央接通江晴的电话，接起后却传来一个陌生男人的声音。

"喂，您好，这里是 ONE 酒吧，这位小姐在我们这里喝醉了，希望您可以过来接她回去。"

等沈乐央根据电话里那个男人说的地址找到江晴时，她正倒在吧台，旁边站着一个穿着工作装的酒保，打电话的应该就是这个酒保。

她一边不住地向他道着谢，一边拉起江晴，江晴嘴里胡乱地喊着一个她从未听过的名字。

正要走时，酒保却挡在她的面前，露出公式化的微笑说："不好意思，这位小姐还没有结账。"

原来是没有结账，难怪这么好心通知她来接人！

酒保从吧台上拿出账单递给她："一共是 1137 元，您就付 1100 好了。"

沈乐央接到电话后拿着手机就匆忙出来了，全身上下现金也只有几十，她连忙去掏江晴的兜，却发现江晴的兜里比自己还干净。

"要不，我现在去取，等会儿给你送过来？"沈乐央有些抱歉地看着酒保，酒保也是一脸为难，扯出牵强的微笑对她摇了摇头，说："不好意思，刷卡还是付现。"

"我过半个小时就回来，要不我把手机抵押在这，保证不会赖账！"

"不好意思，刷卡还是付现。"不论怎么说，酒保始终只有这么一句。

酒吧门口的保镖注意到这边的混乱走过来："怎么回事？"

"这两位小姐付不出酒钱。"

保镖闻言，对酒保挥了挥手，示意他来处理。

酒保临走前犹豫地看了她们一眼，这种事不是第一次发生，也不会是最后一次，即便他担心这两个女孩，但这毕竟不是他一个小酒保可以管的，于是干脆地转身离开。

沈乐央有些不安地看着眼前的几个彪形大汉，说："非常不好意思，我出门太着急，钱不够，我可以回去取，不出半个小时就可以回来！"

面前的几个人却笑了起来："钱这种东西永远都会不够，你回去取？在这儿，多的是人模人样的小白脸付不起酒钱还装蒜的，我怎么知道你是不是这种人？"

周围逐渐投来一些异样的目光，沈乐央急得额角开始冒汗。

付谨到时就看到围在吧台前的人群，人群中央传来一个不怀好意的声音："行，我们也不难为你，你要么打电话叫人给你送钱来，要么，就把这个小妞留下，你回去取，怎么样？哈哈哈。"

旁边的几个男人一听这话也跟着哄笑起来。

付谨心想着这怕是要被吃得骨头都不剩，不由得看了一眼被团团围住的人。这一看当下一惊，她不是那天在顾默晗家的那个女孩吗！

等到他确定自己没看错后，连忙掏出了手机。

"我正在开车，你最好有重要的事。"

"我在'汪汪'看见你家小孩了。"

沈乐央一边听着他们不怀好意的笑声，一边躲闪着那个男人想摸她脸的手，正犹豫要不要给顾默晗打电话时，只见原本靠在自己身上的江晴突然从吧台上拎起一瓶啤酒。啤酒瓶从她眼前挥过，带起一道绿色弧线，电光石火之间，"啪"一声玻璃破碎的声音响起，爆裂的玻璃瓶瞬间涌出带着泡沫的黄白色液体，有什么东西擦过她的左颊带来一阵细微刺痛。

被砸中的男人一脸的不敢置信，他用手抹过伤处，看着手掌中央的红色液体。

"你敢打我！给我打死她们！"

沈乐央闻言将江晴护在身后，身后的江晴扬起手中尖锐的玻璃碎片："来啊！老娘不怕你们这些杂碎！"

这突如其来的变故让付谨有些措手不及，顾默晗从电话里听到玻璃破裂声还有双方尖锐的叫骂声，握着手机的手当时就有些不稳，冲着电话里说了声"你帮我照顾一下她，我马上就过来"，就将手机扔在置物箱，将方向盘打满，车头紧跟着一个大拐，向酒吧驶去。

付谨挂断电话暗道一声"这都什么事啊"，看双方还在僵持着，于是给付乔发了条短信让她赶紧来"汪汪"后，连忙挤进人群想把沈乐央捞出来。

好在这一路上都没有碰上红灯，顾默晗飞车到了酒吧门口，冲进酒吧就看见人群中的付谨正在和一个满脸是血的大汉交涉："兄弟你看，你也受伤了，赶紧去包扎一下，医药费我们出，还有什么损失呢我们也赔，这事就这么了了行吧！"

　　沈乐央看到付谨就知道顾默晗肯定已经知道这事了，心里懊恼肯定又要给他惹麻烦，拎起靠在她身上略有下滑的江晴，抬起头就看见顾默晗冷着一张脸走向她。

　　顾默晗刚进酒吧看到这混乱的场面，心里一股无名火"噌噌噌"就开始往外冒，眼前的沈乐央都不敢看他这恐怖脸色，顾默晗的手却伸过来撩开她左颊的碎发："脸怎么了？"

　　沈乐央下意识地摸了摸脸，带起一阵刺痛，低头一看手上还沾有一些血迹："应该是碎玻璃划的。"

　　顾默晗阴着脸不再说话。

　　"兄弟，你要是这样咱们只能报警了。"

　　对面的大汉听到付谨的话，捏了捏拳，给旁边的人使了个眼色，在变故开始的时候，酒吧里的客人怕惹祸上身早就自行散开了。

　　门外突然传来警笛声。

　　"有人报警说这里有聚众斗殴事件……"沈乐央闻声看过去，是一个警装笔挺的女人。

【3】

公安局里。

"大叔，你长得真帅啊！嘿嘿嘿。"还未清醒过来的江晴抱着付谨的一只手臂还在说着胡话。沈乐央坐在她的身边，一边扶着快要跌到地上的江晴，一边抱歉地冲付谨尴尬地咧了咧嘴。她知道自己这个表情一定难看极了，偷偷看了一眼正在和警察交涉的顾默晗，心乱如麻。

"放心吧，你们损失也赔了，医药费也出了，这事就算了。"

"嗯，麻烦你了。"顾默晗转身要走，却被付乔叫住。

"上回听付谨说你要请我吃饭？"付乔看着眼前冷着脸的男人心中一阵悸动。

沈乐央在不远处偷偷地瞟着他们，只见付乔咬着嘴唇脸上泛起了一片红晕，全然没有之前公事公办的凌厉样子。

过了一会儿，看他们说完话正并肩走过来，沈乐央压下心中悄悄泛起的不快与酸涩，站起身来。

顾默晗看着她站在自己面前，绞着交叠放在身前的双手，深呼吸压抑着心中的火气。

"你看看你，像个什么样子啊！赶紧给我放开！"付乔看着江晴搂着付谨的手，全身都快贴到付谨身上了，冲着付谨吼道。

付谨有些无奈地扒开江晴的手，江晴还在喃喃喊着："你干吗啊你？！"

　　"她喝多了，平时不是这样的。"沈乐央看她失去平衡快要摔倒连忙上去扶了一把，心中莫名的情绪促使她出言解释道。

　　付乔并不知道沈乐央与顾默晗的关系，所以说话自然不客气。

　　"真是年轻气盛就不知天高地厚。"付乔有些不屑地说，她见多了这个年纪的小姑娘一天天正经事不干就知道在外面瞎玩惹事，仗着家人朋友的关心就肆无忌惮地给人惹麻烦。

　　沈乐央本来心中快快不乐，她又爱护短，想着即使江晴做错了也轮不到你来说三道四，再加上她担心顾默晗因此而更加误会自己，于是言语上也是怒气冲冲的："惹了麻烦也不用你来收拾烂摊子，用不着你在这儿瞎感慨！"

　　"沈乐央！做错事还有理了。"顾默晗越听她这话越觉气愤，先是趁他不在家去酒吧鬼混，现在还在这儿强词夺理。

　　沈乐央心中委屈又失落，觉得眼泪就要掉下来，于是连忙扶起江晴，看也不看顾默晗一眼便向警局外走去。

　　顾默晗看她强忍眼泪的样子，有些懊恼自己控制不住发脾气，虽然她有错，但是自己不应该在这么多人面前给她难堪。

　　沈乐央回到家，把江晴在客房安顿好。

夜风将窗帘刮得一晃一晃的，房间里弥漫着一丝淡淡的烟草味，阳台上，如墨的夜色笼罩在顾默晗周身，手指之间带着一点猩红的火光。

　　"对不起，我让你在朋友面前丢脸了。"沈乐央看着他的背影，慢慢靠近，她心中无比后悔自己的冲动，但是也有些委屈。

　　察觉到沈乐央的靠近，顾默晗掐灭烟头，转过身来："乐央，不是丢不丢脸的问题，你知道酒吧那个地方有多乱吗？要不是付乔及时赶到把你们带到警局，你知道是什么后果吗？还说什么不用她管！"

　　沈乐央听他这么说，以为他是在责怪她给刚才那个女警察下了面子，心中的酸涩促使她冲动地说："对，人家是一个漂亮能干的女警察，我就是个只会闯祸的小丫头片子，我驳了她的面子，你当然要骂我。"

　　"我不是这个意思。"

　　"那你是什么意思，你是不是嫌我麻烦老是给你惹祸，所以不想管我了！"沈乐央觉得光是这么一想心中的酸涩都快哽到喉头，却还是倔强地忍着眼眶中的泪水。

　　顾默晗闻言，心中有些莫名的挫败："我如果嫌麻烦我当初就不会管你！今天如果在这里的是你的父母，他们该有多痛心？你可不可以不要一直像小孩一样任性？"

"我没做错什么他们为什么要痛心？我没有去酒吧乱来，江晴喝多了我去接她，没有带钱，不是像她说的那样是去酒吧找乐子的！我不是那个警察嘴里说的那样！我也没有仗着别人的关心为所欲为，不是我一直没有长大，是你一直把我当作不懂事的小孩子！"

"我怕你担心不敢给你打电话，也害怕影响你工作，我更怕你误会我，我真的没有乱来，你为什么不相信我？"

"其实比起嫌弃和责骂，我更害怕你不相信我。我也想像个小孩子一样，既然你不相信我，那我也再也不要相信你了，但是如果我连你都不能相信，我不知道这个世界上我还应该相信谁！"终于忍不住，她哭了出来，紧咬着嘴唇，不停地流着泪。

听着她语无伦次地说着话，她话语中的相信让他的心脏突然涌出一股暖流。她的脸上盛满了难过、失落，平时亮晶晶的眸子好像也随着泪水的滑落暗淡下来，他觉得有些什么正在悄悄破土而出。

顾默晗在沈乐央的面前蹲下身，目光灼灼地看着她："对不起，我不该凶你的。"

他的手指像羽毛一样扫过她的脸颊，拭去她的泪水，她的心颤动着，温热的泪水濡湿了已经干涸的血迹，有一些刺痛，但是没关系。她想起很久之前看过的一场太鼓表演，心跳伴随鼓槌的起落，和着鼓面的闷响，"咚、咚、咚咚"，震耳欲聋。

对，没错，就是震耳欲聋的心跳，自己现在就是，她看着他英俊的脸庞茫然地想着。

顾默晗看着她的瞳孔里满满的都是自己的倒影，突然有点慌乱。

"我从俄罗斯给你带了礼物。"他率先移开视线，心虚般地从茶几上拿起一个包装精致的礼品袋。

沈乐央认出是刚才放在副驾驶座上的东西，他应该是一下飞机就想回家，还特地带了礼物给自己，满心欢喜却没想到会在酒吧遭遇混乱。

顾默晗笑着将包装袋递给她："看看喜不喜欢。"

四四方方的礼盒，打开后是一个拳头大小、蛋形的工艺品，三个弯曲成叶茎形状的内扣支脚形成的支撑架上，倒扣着一枚彩蛋。

"这是法贝热彩蛋，俄罗斯人把自己的信仰、梦想和憧憬描绘到彩蛋上，传达俄罗斯人的灵魂和艺术的凝聚。"顾默晗适时地介绍着，她的指尖顺着彩蛋表面的金色藤蔓小心地描摹着。

彩蛋上绘满了金色枝藤，茂盛的绿色叶片伸展其间，间或还有粉色的蔷薇花点缀其中，蛋身镂空，精湛的工艺让整个彩蛋精美绝伦。

在一家俄罗斯彩蛋工艺品的小店里，花样繁复的各色彩蛋中，他一眼就看中了这枚，并不是因为它的工艺有多精湛，而是看到它的第一眼就仿佛看到了桐城的那一架蔷薇，乐央应该会很喜欢吧。

利用叶片和藤蔓的纹理形成的凹凸自然巧妙地将蛋分成两半，打开彩蛋，内里是一个微缩的满缀蔷薇的花架。

江晴透过没有关紧的房门望出去，微风轻拂带动洁白的窗帘在深蓝色的天幕下泛起涟漪，客厅中沈乐央的双手紧紧地将彩蛋搂在怀中，脸庞在皎洁的月光下泛起莹白的柔和光芒，她的眼睛里似有星辰闪烁，一眨不眨地看着眼前站得笔直的男人。

江晴听见她说："谢谢，我很喜欢。"

"谢谢你，我很喜欢。"脑海深处一个声音同时响起，像是从遥远的地方传来，历尽沧桑；又像是就响在耳边一般清脆，满是虔诚。

江晴的双手不自觉地向锁骨中央摸去，空无一物。

她最后看了一眼客厅中的两人，顾默晗宽厚的手掌揉了揉沈乐央的发顶，轻声温柔地说着："去睡觉吧。"

江晴黯然地转过身去，跌坐在黑暗里，她以为时间可以将伤口抹平，最起码再次想起的时候应该不会那么疼，但是时间似乎并没有眷顾自己，她仍在泥沼里挣扎着。

透过门口的那一线微光，好像看到许多年前。

铺着暗色画布的低矮架子上摆着造型各异的石膏像，透过窗棂的阳光被分割成方正的光束充斥着画室，画架上撑起一块画板，不时有铅笔划过纸面的"唰唰"声。高脚凳上坐着一个穿着白色衬衫的男人，他亚麻色的发梢都像是镀着阳光，修长的指节间捏着一节炭笔，看似随意的滑动间惊起了空气中的灰尘起伏。她看得呆了，渐渐忘却了半小时前自己被关在这栋传言中闹鬼的美术馆里的惊诧和慌张。

如果鬼魅是这么美好的事物，那么也许她不会再害怕了。

江晴这么想着，小心翼翼地扶着虚掩着的门，害怕惊扰了画室里的人。

"哈哈哈，笑死我了，你看到刚才那个傻瓜脸上的表情了吗？"楼下的哄笑声从走道中肆无忌惮地传递而来。

江晴捏着门的手指逐渐收紧，羞耻得想逃，变故在一瞬间发生，在她转身的时候撞到了门口一个石膏像上，画室的门"吱呀"一声被她的身体撞开。

她狼狈地伏在地上咬着唇不让自己惊呼出声，泪水开始在眼眶中不停地打着转儿。

她想要站起身用最快的速度逃离这个地方时，一只手透过因为她的跌倒扑棱而起的灰尘向她伸过来。

那是一只极好看的手，骨节分明、纤细修长，微屈的尾指侧边和手掌外侧是黑色的炭笔痕迹，像小时候画的起伏不平的海面。

"你没事吧？"

"我迷路了。"

两道声音同时响起，他的声音低沉暗哑，完全不似他外貌那样阳光爽朗，却让她觉得莫名的沉稳。

她卑微地低下头，内心仅剩的脆弱自尊让她恨不得马上从这里消失。

他低笑出声，体贴又温柔："没关系，我知道后边有个出口，我带你下去。"

昏暗的走廊上，江晴跟在他的身后，看出他时不时地转头时脸上的笑容。

此后每每午间她都会控制不住自己，无比小心地跑到那个画室，那是她的秘密，像爱丽丝梦乡里的仙境，不愿与人分享。

"我看你每天都来，你要不要跟我学画画？"江晴发现他的脸上常常挂着让人温暖的笑容，那么耀眼炫目，恍神间她轻轻地点了点头。

后来，她知道他叫蔚延，知道他是从美国过来中国学习古典美术的，知道自己无法自控地迷恋上了他，也许正因为在最难堪的时候遇见那么美好的人，所以之后一切丰盛时光都让她无法心安理得地享受。

离开蔚延之后很长一段时间，江晴仍然觉得爱情最美好的样子，不是那个人冲着我光芒璀璨的样子步履急切地赶来，而是在看到我在泥沼里挣扎着匍匐难行时能不顾我满身的狼狈，温柔且坦然地向我伸出手。

可能就是因为自己彼时最难堪而且无助，所以连施舍的善意都显得弥足珍贵。

元旦马上就要到了，校园里各个组织的活动也逐渐落幕。

自从那次在公示栏前江晴和叶思颖争吵过后，一些流言蜚语逐渐在校园中蔓延开来。

沈乐央和江晴看着被团团围住的叶思颖，有声音断断续续地传来："听说你喜欢常瑜啊。"

"要不要去帮忙啊？"听到沈乐央的问话，江晴探头看了一眼不远处叶思颖惨白的脸色，不屑地撇过头去，眼睛却不住地留意着那些人的动作。

"人啊，要有自知之明，你也不看看自己是个什么东西！"叶思颖面前的那个女生神色倨傲地用食指撩起她一绺散落的头发稍稍凑近，脸上扭曲的表情就像此刻面前是一团肮脏的垃圾。

叶思颖的脸色随着她的言语逐渐灰白，她没有办法反驳，自己这个样子的确配不上任何人，她也从来没有妄想过什么。此刻她觉得自己就像是一个被扒光的小丑，忍受着耻笑还有看戏般的打量。忽然一只手抓住她的手腕将她从几个人的包围中拖出来，江晴看着用肩膀挡在自己身前的女生，大喝一声："滚开。"脚步不停，一把撞开。

"你……"

"啊，常瑜，你在这儿呢，不是约好在这儿见面的吗？"沈乐央看情况不对，正焦头烂额间，瞥见常瑜正从楼上走下来，她急中生智地叫住了他，但是话刚出口就有些后悔。

常瑜看她眉间微蹙的焦急模样，脚步不停地朝着那边围作一团的人走过去。

"走吧，不是说有事？待在这儿干吗？"

沈乐央闻言朝江晴使着眼色，示意她们跟上。

看着渐行渐远的四人，那女生暗啐一口，只能无奈地转身离去。

江晴小跑至沈乐央身边，暗暗向她伸了个大拇指示意，沈乐央则挑着眉毛得意地咧开了嘴角。

"听说元旦晚上中央广场有烟花，咱们到时候一起去吧？"沈乐央想打破沉闷的气氛，有些惴惴地提议道。

顾默晗昨天临走前告诉她元旦那天有一趟行程，要在凌晨一两点才会回到嵘城。

"我无所谓，反正我一个人住。"江晴不在意地说。

"到时候叫我。"走在最前面的常瑜头也不回地说。

江晴看着一直不说话的叶思颖："那天是我不对，不该那么说，你不会就因为这个，一辈子都不打算和我来往了吧？"

　　叶思颖听她说得严重，想着元旦那天爸爸应该也是和他那些朋友一块喝酒去找乐子，便点了点头。

　　"那就这么说好了啊，元旦晚上十一点，在中央广场的喷泉边，不见不散。"

第五章

我喜欢你，不要丢下我。

【1】

12 月 31 日这天晚上，沈乐央早早地就来到了中央广场。

她掏出手机，看着早上给顾默晗发的短信。

"今天晚上和朋友一起去中央广场跨年。"

"好的，注意安全，下机给你打电话。"

沈乐央看着简单的对话笑了起来，不知道什么时候开始，他们已经习惯将自己的行程告知对方。

广场上人头攒动，沈乐央坐在喷泉的台沿上，看着眼前步履不停的人们，男女老少，言笑晏晏。

似曾相识的声音，让她想起妈妈刚刚离开的时候，她一个人站在火车站的售票大厅里，那是她第一次明白什么是孤单和寂寞。

现在她置身于相似的场景，天空中似乎有涌动的黑色暗流，看着天空中红色的航行灯闪烁着缓缓前行，心中却没有了当初的凄凉，满满的都是愿景。

江晴远远地就看到她在望着天空发呆，突然起了坏心眼，猫着腰悄悄接近她，猛地趴伏在她的背上。

沈乐央被突如其来的重量压得弯了腰。

"哈哈哈，吓到你没有？"

"快下来快下来，我要摔跤了！"

"我就不下来……"

"哈哈哈……"

来往的行人看着这两个笑闹作一团的女孩，有些好笑地跟着笑了起来。

常瑜从楼上的卧房下来，正要出门时，陷在客厅真皮沙发中看着报纸的常季霖头也不抬地随口问道："你去哪儿？"

"出去。"

"出去？我还不知道你是出去？我问你这么晚了去干吗？"常

季霖对儿子漫不经心的态度有些不满。

"今晚是跨年夜，哪有不待在家里还一门心思往外野的？"常季霖似乎意识到自己的言辞过于激烈，于是稍稍缓和了语气，但仍不容置喙，"今天跨年夜咱们爷俩陪你妈妈在家过。"

"陪她？去哪里陪？妈妈病得快要死的时候你在哪里？妈妈死后守灵你都在酒桌上忙着你的生意！现在假惺惺地说要陪她？一块冷冰冰的牌位陪不陪都是冷的，留着时间给你那些女朋友吧。"

"你……"常季霖有些气结，"你混账，你知不知道你在说什么？我每天在外面打拼养着你，要不是我你能过这么好的日子？打架惹事现在堕落得去偷试卷，无所事事游手好闲，要不是我给你摆平，你以为你还能站在这里忤逆我？"

像是积压在心中许久的情绪终于爆发，全都宣之于口，愤怒的话、伤人的话、羞辱的话，一句跟着一句，怨恨逐渐累积，一点一点地加深。

常瑜看着他歇斯底里的狰狞样子，心中渐渐浮起一丝快意。

"有时间骂我不如给妈的牌位上炷香。"常瑜径自拐到隔间的香案上，点上几根线香，白色的烟雾袅袅蜿蜒着爬升，然后四散开来。

常季霖看着纱一般的白色薄烟后常瑜坚毅的侧脸，恍然若失，不知不觉儿子已经这么大了，他想起妻子刚去世的时候，儿子还只到自己大腿上边一点。他固执地要把妈妈的骨灰盒放在家里，不同意就抱着不撒手，任凭他拿着皮条抽得皮开肉绽都不撒手，从那时起，儿子就是这么固执，现在更是固执地恨了自己好些年。

常季霖看着常瑜离开家的背影，叹了口气，略显老态的身躯有些脱力地靠在沙发边缘。

　　八角巷。

"爸，等会儿我要去找朋友，你出去的话记得带钥匙，少喝些酒。"叶思颖一边收拾着散落在地上的酒瓶，一边冲着厨房里的叶勇说。

叶勇看着房间里忙碌的女儿，年岁越大长得越像她妈妈，这段时间她似乎有些变化，不再像以前一样怯懦……似乎是想起了什么好的回忆，叶勇的脸上少见地浮现起温暖的笑意。

叶思颖离开家后，叶勇才从房间里走出来，看着桌上倒扣着的碗，触手还冒着丝丝热气。

叶勇因为常年喝酒而浊黄的眼中泛起泪光，这个女儿，到底是自己拖累了她，是自己对不起她，沟壑纵横的脸庞滑过一行清泪。

　　中央广场前的台阶上，江晴瞥了一眼手机上的时间——11:23，懒洋洋地说："他们怎么还没来啊？！"

沈乐央有些无语地瞥了眼她捏在手中已经喝了一半的啤酒，还有放在脚边的手提袋，里面还有好几罐。

抬起头看见不远处的叶思颖和常瑜正在四下张望着，沈乐央站起来挥着手喊道："在这里！"

伴随着几声清脆的"刺"和"咔嗒"声，江晴又打开了几罐啤酒，分给了几人。

时间越来越接近零点，广场上聚集的人越来越多。

还有一分钟的时候，喷泉正对面的摩天大楼的电子幕墙突然黑了下来，紧接着上面跳跃着银色的数字倒数计时：六十、五十九、五十八……

沈乐央的目光不受控制地紧盯着数字，心中跟着跳跃着的数字一起默默地倒数着——

二十三、二十二、二十一……

摩天大楼的上方是寂静的黑夜，在它的笼罩下漂亮的霓虹灯勾勒出楼房的轮廓，一闪一闪的煞是好看。

十三、十二、十一……

以前沈乐央并不知道有什么样的力量可以促使一群素不相识的人聚在一处，现在当她身处其中，感受心中奔腾的激荡情绪，看着周围和自己一样耐心等待的人们，五彩斑斓的霓虹洒落在每个人的脸庞，才明白这其中的奥妙。她在心里想着，这些神色迥异的人们，是否都像我一样在心里虔诚地祈愿？

像是受到某种神秘力量的召唤，开始只是几个零落的声音，然后无数个声音逐渐汇合在一起，铺天盖地地响起来："十、九、八……"

在越来越响亮的倒数声中，她好像听到了江晴跟着人群大声地呐喊，她听到自己的声音也从嘴里蹦了出来——

"六、五、四……"

沈乐央听见自己的声音，完美地融入了那股声音的洪流。

"三。"

"亲爱的上帝，如果这个世界上有上帝的话。"

"二。"

"我希望，拜托你给予我爱的人以眷顾，在世界不知名的地方的妈妈，满世界飞的顾默晗，还有我这些固执倔强的朋友，请你一定要保佑他们，让他们在未来的岁月里平安喜乐。"

"一！"

"请你，务必要答应我！"

叶思颖感受着身边震耳欲聋的呼喊声，也在心里跟着默默倒数。

"三十、二九……"

我觉得在这里，在我们生活的这个世界里，什么事都有可能发生。

漫不经心的恶意、毫无依据的谣言、满是恶意的中伤，还有很多很多肮脏的、不能暴露在阳光下的事情，在这个世界都会发生，那些恶意就像在阴潮角落苟延残喘的病菌，在阴暗里蛰伏，随时准备倾巢而出。

但是这一切的一切，只要是在自己还能够忍受的范围内，我都愿意承受，毕竟如果一开始就是在泥沼深处挣扎，那么谁还会在乎这些？

　　"六、五、四……"

　　这一些负面的东西迟早都会被时间的洪流逐渐冲散，需要忍受的只是事件发生当下的惭愧和羞耻，但是我相信这些在生命中不过是一段非常微不足道的印记，这条称之为"时间"的洪流之下，还有更长的被称之为"未来"的岁月。

　　"三、二、一！"

　　那么我希望，在这段不可预知的未来里，让以往的一切，以及经历过的伤心、难过、失落、痛苦都烟消云散吧。

　　"三、二、一！"耳边是隆隆的呐喊，大家都是这么声嘶力竭，仿佛要将即将过去的一年里所有开心、委屈、不甘、失落、失望通过这最后一秒钟肆意吼叫出来，江晴觉得喉咙有些干涩。

　　天空中骤然炸出一朵银色的烟花，漆黑的夜幕笼罩下很快开出了第二朵、第三朵，越来越多璀璨的烟花绽放，由中心向四周放射开来，青白色的、璨紫色的、金黄色的……乱七八糟的颜色掺杂在一起，多像许多年前在画室里随意泼洒在画布上的碎彩。

　　如果说新的开始有什么愿望，那么希望我在今后的日子可以慢慢忘记蔚延。

江晴一边想着，一边冲着天空大声地喊道："蔚延，你不要比我幸福！"

沈乐央也看着漫天的色彩，烟花"嘭"的一声用尽全力绽开，她听到江晴在喊着些什么，她也有很多话想说。

掏出手机，虽然顾默晗说会给她打电话，但是她现在迫不及待地想要和他分享。

"嘟嘟嘟……"电话通了。

"顾默晗我跟你说，中央广场这里有好多人，现在正在放烟花，非常非常非常漂亮，你要是在这里肯定也会……"顾默晗安静地听着电话那头沈乐央语无伦次的诉说，想象得到她脸上激动的神情和笑弯的眉眼，脸上止不住地泛起一阵温柔的笑意。

"默晗，接见室那边都安排好了。"付乔话还没说完，就看见顾默晗猛地转身，眼神凌厉地冲她做了一个噤声的手势。

顾默晗转过身再仔细去听电话那头，却只剩下了喧闹的人声和烟花绽开的声音。

"乐央，我这儿还有点事，等会儿回家见好吗？"

"好，你忙吧，我等会儿就回家了。"沈乐央有些许失落，"你早点回来。"

"好的。"

他收起电话转过身对身后的付乔说："走吧。"

付乔跟在他的身旁，想起刚才他对着电话温柔的样子，神色暗淡。

"程阿姨最近还好吗？"

"挺好的，听干警说她所在的牢室里近期新收的一个女犯用磨尖的牙刷柄割脉，还好她发现得早通知了狱警，救了回来，这个事上报是可以减刑的。"

"谢谢你的照顾。"

"没什么，职责所在，她的确在女犯里表现很突出，劳役也做得很好。"付乔听顾默晗说得郑重，心中却有些酸涩，他好像总是这么疏离有礼，不论自己怎么示好他都视而不见。

【2】

隔着悬空的玻璃墙，程晗韫独自一人坐在接见室里，看顾默晗进来，脸上露出恬淡的笑容，其中还透出一丝急切。

顾默晗掏出钱夹，将夹在其中的照片拿了出来，从玻璃墙下递过去。

是沈乐央在元旦晚会上大提琴演奏的照片，照片上沈乐央长发高绾，一袭白色长裙衬得她沉静如水，琴身立在两膝中间，左手手指按压着琴弦，右臂舒展拉着琴弓。程晗韫捧着照片仔细地看着，眼眶开始湿润，心中感慨当初吵嚷着不想学琴的小姑娘已经长大成可以独自上台表演的大姑娘了。

"这是前段时间乐央学校的元旦晚会表演照片，她演奏得很好。"他拿出手机，播放起演奏录音，悠扬醇厚的琴音流泻而出，程晗韫听出演奏的是勃拉姆斯的一首表达对母亲思念的曲子。

顾默晗沉默不语，看着她眼眶濡湿的样子，拉开门走出去，体贴地将空间留给程晗韫。

靠在接见室外的墙上，他想起自己那段时间回到家每每都能看到沈乐央为了元旦晚会上的演奏卖力地练习着，那几天他的睡眠格外好。有一次他在沙发上醒来，看到她一直保持立着琴的动作坐在窗边，不知在想些什么，就那么呆愣愣坐着看傍晚微蓝的天，有大朵大朵的云相互掩映遮蔽了落日的斜阳，阳光穿透云层的间隙直直地漏下来。

付乔找过来时就看到他立在墙边不知道在想什么，走过去将手机递还给他："她回牢室了。"

"谢谢。"

付乔淡淡地摇着头，看他离开的背影怅然若失。自从程晗韫自首收押后，他几乎每个月都来那么几次，监狱虽然不能流通现金，但每个犯人入监时都会有一张卡用来支付监狱的花销，顾默晗每月来探视时都会往这张卡上存钱，顺便送一些日常的生活用品。

其实付乔在顾默晗刚来的那几个月中，也曾经自作多情地想过他是借着这个由头来接近自己，但是很快她发现事实不是自己希望的那样，思及此，她缓缓地摇了摇头叹着气。

沈乐央挂了电话之后就蹲下了身，剧烈地喘息着，虽然只有几秒钟，但她还是听出刚才电话那头说话的是付乔，就是上回江晴喝醉闹事帮她们解围的女警察。

沈乐央将脸深深地埋在两手之间，拼命地想将心底那股酸涩压下去，也许是夜色深沉加上周遭环境的渲染，也许是酒精的作用，数次深呼吸后，她控制不住地开始哽咽。

江晴像看神经病一样斜睨着她明显醉了的样子："你还好吧？"

"我难受，我……我跟你说，我刚才给他打电话，他和上次那个女警在一起。他一回来就去找她，明明说好回来就告诉我，他瞒着我去找她，大骗子，大骗子！"

"你为什么在意他去找谁？你又不是他的谁！"

沈乐央徒劳地张着嘴，却不知道自己该如何反驳，她说得对啊，自己在这边无论内心多焦灼煎熬，他那边和谁交好的确不关自己的事。他想去见谁与谁在一起，自己都管不着也没有资格管。

江晴看着她黝黑发亮的潮湿眼眸里满是慌乱，叹了口气，心中略一挣扎，摸出口袋中的手机，打电话给顾默晗。

告知顾默晗具体位置后，她托着沈乐央，暗自思忖着。

"她还好吗？"常瑜看沈乐央迷蒙的样子有些担心。

江晴看他过来却诡异一笑："你过来扶一下她，她家里有人来接她，怕找不到路，我过去看一下。"

常瑜还没有站稳，江晴拿着手机就火急火燎地飞奔出去，他手忙脚乱地伸手扶住坐在台阶上的沈乐央，防止她跌落下去。

"咦，你是谁啊？你长得和我一个朋友好像啊！"沈乐央迷蒙地看着他，猛地站起身笑嘻嘻地指着他道。

常瑜看她因为突然站起而摇晃的身体，心惊地扣住她的肩膀。

"喂，你说话啊！你是谁啊？！"

眼前的女孩因为喝醉了，酡红的脸庞上有种别样的娇憨，常瑜莫名觉得有些可爱。

"说，你是谁？！"

"我是常瑜。"他终于开口。

"谁？"她紧拧着眉，偏过头去将耳朵凑得近了些，努力想要听清楚的样子让他有些好笑。

"常瑜。"

"常瑜？"

"对，常瑜。"

"常……瑜？"

"常瑜。"

……

叶思颖站在一旁看着像是小孩恶作剧般地一直重复着"你是谁？"这个问题的沈乐央，心中也有些好笑，但是当她看见常瑜脸上一闪而逝的宠溺，便觉得眼前的画面如此刺眼。她竭力控制着心底复杂交织的感情，却又忍不住用眼角余光贪婪地把常瑜难得的笑容悉数收进眼底。

其实叶思颖一直都想不明白，人为什么会去喝酒，甚至会愿意每天泡在酒缸里不愿意清醒？有一次叶勇在地上瘫成烂泥状的时候，桌上还有小半瓶酒，绿色的瓶子里细密的泡泡也像是喝醉了一样东倒西歪地往上浮。一向对这些深恶痛绝的叶思颖，却感觉幽幽的墨绿色像是有着触手的藤蔓向她攀爬过来，她的手颤抖地握住了酒瓶，酒液滑过喉咙时带起一阵无法抑制的反胃感，液体呛到气管里火辣辣的感觉让她如梦初醒。

她没有体会过喝醉，但是醉了的感觉应该就是在梦里常瑜对自己也是这么温柔的时候吧。

常瑜不厌其烦地回答着自己的名字，看着面前头埋得越来越低的女孩，不知怎么就伸手覆上了她的头顶，没想到就是这么一个动作像触发了开关一样，让沈乐央剧烈反抗起来。

"骗子！"沈乐央大力地挥开头顶的手，仰头吼道。

常瑜对突如其来的变故有些反应不过来，下意识地拉住因为剧烈动作而摇晃的沈乐央，一旁的叶思颖见状连忙也站起来在另一边扶住她。

"你放开我！你说话不算数！"沈乐央边说边剧烈地挣扎着。

常瑜明白此时的沈乐央并不清醒，口中"说话不算数"说的也是别人，心下有些不悦，抓住她手臂的动作也不似刚才那般轻柔。

等顾默晗照着江晴的指示匆忙赶到的时候，远远看过去就是这么一幅场景：沈乐央胡乱挥舞着手臂，叶思颖在身后手忙脚乱的像是要拉着她挣脱常瑜的牵制。顾默晗快步上前捉住沈乐央的手臂，骤然的拉扯让她失去平衡跌倒在顾默晗的怀里，顾默晗注意到她手臂上的红色捏痕，眼睛里闪现狠戾的光芒逼视着常瑜。

江晴气喘吁吁地跑上前就看见顾默晗和常瑜剑拔弩张地对视着，而沈乐央因为刚才的天旋地转反应不过来，摇头晃脑地倒在顾默晗怀中，却意外地安静下来不再吵闹。

"这是常瑜，认识的认识的，我让他帮忙照顾一下，省得摔着。"江晴看着顾默晗眯起眼睛盯着自己，有些心虚，声音也跟着越来越低。

帮着顾默晗将沈乐央扶上车的时候发生了一个小插曲，顾默晗将车门打开，把沈乐央扶进副驾驶座后对江晴嘱咐："你帮我扶住她。"正想去另一边给她系安全带时，沈乐央突然抱住他的胳膊，满脸的防备："你要去哪儿？你是不是要像妈妈一样把我托付给别人自己离开！"说着一边挣开江晴的手，一边挣扎道，"你别不管我，别不理我，别走。"

顾默晗看着她紧皱的眉头和一脸委屈的模样，心中蓦地柔软，有一种涩涩的感觉，江晴听见他柔声哄道："你放心，我不走，你先放开我，我去开车，我们回家。"

三个心思各异的人目送着车辆越驶越远，常瑜有些气闷道："我回去了。"

叶思颖紧接着道："我也要回家了，我爸爸还在家等我。"

江晴和他们道别后心中有些奇怪，在自己不在的时候到底发生了什么？这才一会儿的工夫这两人的表情怎么都奇奇怪怪的？

她摇摇头不再多想，想起刚才扶沈乐央上车的那一幕，没想到沈乐央还有这么娇憨的一面，刚才顾默晗的态度却让她有点摸不着头脑，暗忖间她的手机"嗡嗡"地振动起来。

她有些疑惑，在第六感的促使下她看了一眼那个号码，一行在她脑海深处蛰伏着、一眼就能够背出来的数字跃入眼中。

"过得好吗？"很简单的几个字，却让她如坠冰窟。

【3】

顾默晗开着车时不时留意着一旁沈乐央的状况，原本精神奕奕地盯着他的沈乐央此时已经靠着座椅睡着。他忙将车窗关上，又将车小心地停在路边，拿起后座的西装外套小心翼翼地盖在了她的身上。沈乐央似是感觉到他的靠近，皱了皱秀气的鼻子，闻到外套上熟悉的味道后又安心地睡了过去。

顾默晗看着她安稳的睡颜哑然失笑，转过身继续开车。

到了家楼下，顾默晗轻声喊着她的名字，沈乐央却没有醒来的迹象。

在解开安全带的时候，顾默晗的手不小心碰到了她的胸部，柔软的触感却让他觉得如同被针尖刺到，慌忙抽回手，脸上却是一阵火辣辣的灼烧。顾默晗有些呆愣，难得地不知所措，在看到沈乐央抱着手臂轻皱眉头时，犹豫半晌，将她从车里打横抱了出来。

到了家门口，他细细地摸索出钥匙开门的时候，沈乐央像是受到了惊扰一般揪紧了他胸前的衣领。

回到沈乐央的房间，他小心翼翼地将她放在床上，可沈乐央攥紧的手却不松劲。顾默晗想要将她的手拉开时，沈乐央的双手却突然紧紧地握住他，像是呢哝着什么，顾默晗凑近她想要听清楚。

"……我喜欢你，不要丢下我。"

断断续续的听不真切，顾默晗却好像恍然间明白了些什么，有一些念头在心里渐渐发酵，却又被理智隐隐地镇压。

手背上是滚烫的温度，炙烤得他的心开始发烫。

顾默晗轻轻将手抽出来，为她掖好被角。

他准备关上房门离开时，漆黑的房间里隐隐飘荡着沈乐央轻飘飘的呓语："顾默晗……"

顾默晗没有细听，掩上房门离开。

一室寂静，客厅传来一声火机打火的脆响。

八角巷。

逼仄的走道投下从房间内照射出来的昏黄灯光和晃动的人影，不耐烦的唾骂也从房内传出。

"磊哥，磊哥，再稍微宽限一点时间。"叶勇满是沟壑的脸上挤出讨好的笑容，忍不住打战的牙齿却让这表情有些许的怪异。

石磊坐在餐桌前的靠椅上，嫌弃地挑拣着桌上简单的饭菜，看似随意的冷嗤一声，从嘴角延伸到耳根的伤疤也显得更加狰狞。

"宽限？你说说想宽限多久啊？嗯？"

叶勇看他说得随意，却不敢放松警惕，石磊人如其名，心比石头还要硬，一直在道上过着刀口舐血的生活，真正的杀人不眨眼。

"我马上就筹钱，我去借！我我我……我明天就去借！我借到……"话还没有说完，石磊腿上一个发力直接冲到他的面前，一巴掌直接将叶勇打倒在地："借？老子等你去借？"边说边用脚狠狠地踹着。

"我，我……"叶勇弓着身子，双手紧紧地抱着肚子痛苦地呻吟着，嘴角开始淌血。

石磊抓着叶勇的头发将他的头抬起："我告诉你，老小子，三天，我就给你三天时间，你不是还有个女儿吗？三天之内我看不到钱，你知道后果。"说完不再理会地上鼻涕眼泪横流的叶勇，招呼着小弟向外走去。

"谢谢你送我回来。"叶思颖红着脸低声向常瑜道谢，常瑜淡淡说了句"快回家吧"便转身离开。

叶思颖看着他消失在拐角后，转身却看见马路对面有一伙人正紧紧地盯着她。为首的男人脸上有一条触目惊心的长疤，眼里闪烁着冰冷的光芒，叶思颖觉得自己像是被一条吐着长芯子的蛇盯上的猎物，她赶忙低下头，避开他们跑回了家。

马路这头，石磊对着身后的小弟吩咐："你最近不是在嵊城一中新收了一个小弟？去问问他刚刚那小子什么来路？"身后的小弟忙不迭地应下。

叶思颖心有余悸地推开家门，满地的狼藉，屋里传来叶勇细碎的呻吟，她敲了敲叶勇的房门："爸爸？"

呻吟声骤然停止，正当她要转身离开时，叶勇低哑的声音从屋里传来："思颖，这几天你都不要回家来，爸爸有朋友要来，你在你同学家住一段时间。"

　　美国，圣莱露医院重症监护室。

　　心电监护仪上原本规律的波幅忽然间起伏不定，病床上的人痛苦地皱起了眉头，护士听到警铃骤响，奔向病房查看，急忙叫来了医生。

　　白薇步履匆匆地赶到病房外，焦急地趴伏在门上，透过玻璃看到母亲的身体随着除颤仪的起落猛地向上拱起。重复几下之后，医生终于放下除颤仪，注视着心电监护仪上平稳的直线，摇了摇头。一边的护士抬眼看向时钟记录着什么，白薇站在门口像看着一部紧张的默剧终于完结，心中惶然。

　　她无意识地迈开步伐向前走去，高跟鞋在地板上叩击出"嗒嗒"的响声。

　　"听说16床那个植物人又在抢救了，我看啊，这次悬了。"护士站的小护士轻声地讨论着，白薇从她们面前走过却恍若未闻。

　　安全通道内，虚靠着墙的白薇掏出手机："喂，蔚总，我可能要请一段时间假。"

　　"对，我妈妈，去世了……没关系，不用过来了，嗯，好。"

　　挂上电话，白薇靠着洁白的墙壁，脱力地蹲下身去，她的嘴角微微翘起嗤笑一声，许久，眉头却紧皱起来，勾起的嘴角逐渐垮下。

她的双手抬起紧紧地捂住嘴，发出阵阵压抑的呜咽，泪水像是从开闸的堤坝倾泻而出的洪水，晕花了她精致的妆容。

第二天，沈乐央浑身难受头痛欲裂，晕晕乎乎地躺到下午才起来，这期间很不好受，时梦时醒，她以为醒过来了，结果又是另一层梦境，许多分辨不清的声音在耳畔嗡嗡作响。

顾默晗正在电脑前打着什么，看到她一脸迷茫地站在房门口，问道："醒了，难受吗？"

顾默晗起身到厨房给她泡了一杯蜂蜜水："下回不要喝酒了。"

她迷迷糊糊中，似乎听到他在说什么，迷茫地看着他嘴巴开合："听到了吗？"

"啊，好。"

顾默晗看她如梦初醒的样子，不再说什么。

沈乐央回房间后仔细回忆起昨天晚上发生的事情，她不记得自己是怎么回来的了，甚至有些分不清楚昨晚发生的事情究竟是真实的还是梦境，思忖之下她决定给江晴打个电话。

江晴接到沈乐央的来电时，刚挂掉叶思颖的电话。叶思颖早上给她打电话说想要在她家住一段时间的时候，她还以为自己没睡醒。

"昨天晚上啊，你都不记得了？"江晴有些好笑地问道。

沈乐央突然有一种很不好的预感，果然电话那头响起江晴戏谑的调笑："昨天晚上啊，不知道是谁啊，拉着别人的手不放，说不要不理她不要不管她，啧啧啧。"

听江晴这么说，沈乐央模糊地记起一些片段，脸突然涨红。

"乐央啊，你到底怎么想的？你喜欢他和他说了吗？"沈乐央听着电话那头的问话一声不吭。

"其实吧，我觉得，他应该是对你有意思的，昨天晚上，我故意让常瑜扶着你，他那个眼神，看得我都心慌。后来扶你上车，你撒酒疯他都没有不耐烦，特别温柔地安抚着你……"

沈乐央听着她的叙述，忐忑的心就像裹在蜜里，江晴突然话锋一转说："乐央啊，你可以去试探他一下。"

沈乐央扭捏地站在顾默晗的房间门口，脸上的高温尚未退下，突然有些退缩。

她在心底暗暗给自己加油鼓劲，终于推开房门走了进去。

顾默晗正在打电话，看她进来朝她做了个稍等的手势，她靠在门边安静地等着，偶尔抬头看看他认真的侧脸。

顾默晗终于挂断电话，却眉头紧锁。

"怎么了？"沈乐央有些担忧。

"哦，快到年关了，航线也增加了。"顾默晗向她走过来，看她仍然不解其意的样子，继续解释道，"我估计之后一段时间都会很忙。"说完有些抱歉地揉了揉她的发顶,沈乐央像往常一样将手覆在他的手上想要将他的手拿下来,却看他仿佛被烫了一样猛地抽回手。

沈乐央一时有些愣怔,手就这么尴尬地搭在头顶。

顾默晗在心底暗骂自己过激的反应,俊脸也不自觉地涨红,沈乐央还没从刚才的变故中反应过来,就看到他脸上冒出可疑的红痕。一时间两人都沉默无语,最终是沈乐央问出了心底最想知道的问题:"那你会回家过年吗?"

过年对顾默晗来说,是很遥远的事情了,想起来自己已经好多年没有在家过年了。

往年过年顾默晗觉得即使回家,家里也只有自己一个人,干脆在航班上飞行度过,反正自己一个人,还不如把休班的机会让给别人回家团圆。

但是今年出于照顾沈乐央的考虑,想到她以前并没有独自一人过春节的经历,他看着沈乐央晶亮的眼眸:"会的。"他听到自己的声音。

沈乐央闻言脸上漾开一个笑容,明亮眼眸弯成月牙形。

"嗯,我等你回来!"听到她这么说,顾默晗觉得自己的心有点绵柔,像是有温热的水流淌过心头。

沈乐央满意地向屋外走去,却突然想起自己还有话没有问他,于是猛地转身。

"昨天晚上，我有没有给你添麻烦啊？"顾默晗在她回头的瞬间急忙收回脸上温柔的笑意，看着她有些试探，有些期待，还有些忐忑的小表情，有些无奈，面上却不显露，只是意味深长地看着沈乐央。

"是不是我胡言乱语了？"沈乐央看他这样有些心虚。

"没有，但是以后不要喝酒了。"

沈乐央闷闷地应了一声。

"还有什么事吗？"

她摇着头，颓丧地走出去。

顾默晗看她离开，心中却涌出一股难以言表的晦涩感觉。

越临近年关，人们也越加繁忙，大街小巷都充满浓浓的年味，沈乐央记得往年这个时候，程晗韫早已经着急地在张罗年货了，对联、福贴、年画、烟花。

"你在看什么呢？"

江晴看沈乐央这两天一直闷闷不乐，叶思颖也去附近的奶茶店打工，于是拖着沈乐央出了门。

别看江晴平时乐呵呵的，其实她一个人在嵊城也不好过，妈妈因为那件事情一直没有原谅她，索性她就独自一人住到了嵊城的家里。爸爸也是无可奈何，每个月生活费是他们之间唯一的联系，想想也是，当初闹得那么大，妈妈会那个样子也无可厚非。

"唉，其实我模糊地记得那天发生的事，但是顾默晗说我回家就睡了，并没有跟他说什么，难道我是在做梦？"沈乐央突然有些不确定起来。

"要我说啊，你家那个，就是闷骚，他们那个年纪的人，多少会有顾虑吧。"江晴像是想起什么好笑的事情，脸上露出满满的怀念神情。

"哎，你跟我说实话，你是不是……"沈乐央坏笑着挑眉靠近她。

江晴看她一脸耍宝的样子有些嫌弃地翻了个白眼："对，我曾经喜欢过一个人，应该跟顾默晗差不多大吧。"沈乐央留意到她说的是曾经喜欢。

其实但凡有什么东西，加上"曾经"就有一股子沧桑和除却巫山不是云的味道。

比如说，曾经富有过，曾经美丽过，曾经喜欢过。

曾经沧海难为水，事过境迁，只是把自己强行留在回忆里，留在原地不愿意走出来罢了。

"我和你说过啊，以前我是个被欺负了也只会傻兮兮忍受的人。有一次我被关在废弃的美术馆里面，馆里很黑，很乱，到处都是破破烂烂的石膏人像，后来就碰到了他，他是从美国过来中国学习古典美术的，他在一间工作室里面画画……"

沈乐央看到她脸上明晃晃的怀念和无奈："那你们为什么？"

"那时候我胆子很小，在他面前总是很怯懦的样子，但是很奇怪，在他身边我就觉得很安心，他很好，那么完美优秀，是我怎么追都追不上的，我也不敢奢求什么。中考结束的暑假，我一直跟着他学美术，我妈妈觉得我不务正业，也怕他是对我不怀好心，于是不再让我出门。直到后来……他妈妈找到我家来，叫我不要和他再有瓜葛。"

江晴似乎是不想去细思记忆中那个场景，潦草地一语带过。

那天蔚延的妈妈安吉娜找到江晴家："我早就知道阿延太过善良，我早就说过让他不要做烂好人，他偏不听，现在被你们这些别有用心的小姑娘缠上。我告诉你，你不要以为赖在他身边就能得到什么，我就直说吧，他有一个交往两年的未婚妻，马上就要结婚了，我看在你年纪小的份上好心来提醒你一句，不要再纠缠他了。"

"他就是可怜你，你们这个年纪的小女生，稍微给你们一点甜头，就奋不顾身地往人家身上扑，恬不知耻。"

"说吧，你要怎样才不缠着我们阿延？"安吉娜脸上的神情就像是在怜悯一个跪地乞讨的乞丐，施舍中带着鄙夷和不屑。江晴觉得在安吉娜面前自己就如一只蝼蚁般渺小，她感觉自己卑微的自尊心就像在地上被反复践踏。江晴在心里告诫自己不要轻信她的话，直到她甩了一沓照片出来，那个自己深爱着、仰慕着的男人，搂着一个女生笑容爽朗。

安吉娜看着她不敢置信的样子得意地笑着，拿出支票，这时一直在一边不说话的妈妈却突然抄起桌上的铜摆件砸向客厅中得意扬扬的女人："滚，给我滚出去，带着你肮脏的交易给我滚出去！"

安吉娜惊慌失色地尖叫着跑出门去，然后看到江晴被她妈妈推搡着出来："你也走吧，我就当没有你这么个女儿！"

任凭她在门外如何嘶喊，门都没有开，后来是爸爸连夜把她送来了嵘城，说妈妈消气了就接她回去。但是江晴知道，妈妈一向自傲，对自己管教颇严，出了这种事，怎么可能会原谅自己？

毕竟是自己一意孤行，即使被骗也由不得别人，所以第一次见到顾默晗的时候，她就觉得他和沈乐央之间的气场不对劲，所以她也担心过沈乐央会像自己一样。

但是自从跨年夜那天晚上她接到那条短信后，才明白过来，蔚延给的感情太过美好，即使结局不完美，她也甘愿。如果给她一个重新来过的机会，她还是会选择从他生命中走过。

江晴叹了一口气，将思绪从记忆中剥离出来，对沈乐央说："他是怕耽误你，毕竟你才十七岁，你们之间的年龄差距太大，而且你父母也不见得会同意。"

沈乐央闻言陷入了沉思之中。

第六章

乐央，我没事。

【1】

美国飞往嵘城的航班上。

蔚迟拉了拉毯子，稍稍靠近白薇，将她的头小心地挪到自己的肩膀上。

最近白薇因为白诗蕊去世的事伤心不已，虽然那些苦痛她从来不对他开口，但是越是这样，他越是心疼。

他想起在嵘城送她和因为车祸受伤的白诗蕊去医院后，因为公司的突发情况，他急急地赶回了美国，以为不会再见到这个女孩，却在偶然一次为他爸爸去拿药的时候，在圣莱露医院碰到了她。白薇冒冒失失地撞到了自己身上，就和那时候在雨夜的马路上拦车一样莽撞，不同的是那天的她显得更落魄，不像是雨夜那天车祸后被雨浇透的落魄，而是从灵魂深处透出来的一种行至绝境的低落。

得知她在美国的窘境后，出于同情或者是其他什么原因，他自己也不清楚，但是就是那样鬼使神差地给她在公司找了个工作，替她找房子找医生。正当他拿不准自己的心思故意想要疏远她的时候，她却已经凭借自己的实力一步步爬上了设计总监的位置。

看着她在睡梦中依然紧皱的眉头，他内心隐隐有些懊悔，当初为什么没有早点看清自己的心，以至于现在怎么都走不进她的心。

嵊城。

沈乐央被江晴拉着去据说很好吃的日料餐厅吃晚饭。

"我跟你说，这家餐厅环境很好，东西也特别好吃。"一路上，江晴不断介绍着。

"好好好，我又没说不信你，你都说了三遍了！"沈乐央无可奈何地看着她，她们正跟着服务员的引导向店里走去，迎面就看到玻璃幕墙边的付谨，恰好付谨也正抬手想要叫服务员。

"哎，是你啊。"付谨看到沈乐央有些惊讶，"正好我也还没点菜，咱们一起吧。"

沈乐央看着他露出一口大白牙的笑容，礼貌地叫道："付谨叔叔。"

付谨闻言，额角隐约有些黑线，却还是微笑着说："你可以叫我哥哥。"

江晴看着付谨龇牙咧嘴的样子在心里窃笑起来，沈乐央则当作没看见一般。

"你今天不用上班吗？"沈乐央有些疑惑，她一直以为付谨和顾默晗是搭档。

"嗯，因为按照规定飞行员的飞行时间是不能超时的，怕疲劳驾驶出现飞行意外，所以休息时间都是按飞行时长安排的。今年他难得年休，我就要在除夕夜的时候值班，还有就是，你也知道飞机飞得快但是也抵不过人们过春节的热情啊！所以最近的飞行时间都是错开的。"

"他往年都不休年假吗？那在哪里过年？"

"当然是在航班上啦，你也知道他以前就是孤家寡人一个，一个人过年还不如在航班上值班。"他说得煞有其事，好像他也是这样一般。

"话说，小乐央，今年也算是我替你家顾默晗值班吧，除夕夜当班真是寂寞啊，你说顾默晗要不要请我吃饭补偿补偿我一下啊！"

付谨故意说得可怜想逗逗沈乐央，她却不买账，一本正经地反驳道："又不是顾默晗给你发工资，为什么要补偿你？！再说了，按你这么算的话，之前不也是顾默晗替你值班，两两相抵你还欠我们几顿饭呢！"

付谨闻言霎时有些无话可说，顾默晗不在的时候，这小丫头片子这么伶牙俐齿！

江晴在心底感叹沈乐央的精明，又看付谨一脸吃瘪的样子暗自好笑。这时，身后传来"扑哧"一声，两人转过头去，见付乔正在她们身后一脸戏谑。

"付乔姐姐。"

付乔点了点头微笑着算是答应了沈乐央。

坐在乐央身边的江晴终于忍不住笑出声来，付谨此时的脸色可称得上是精彩。

"付谨你说你丢不丢人，趁顾默晗不在的时候欺负人家小姑娘！"付乔在他身边落座，满脸都是对他的鄙视。

"付乔，你说你到底是不是我妹妹，总是偏心顾默晗！要不是咱爸对咱妈忠心不二，我都怀疑咱俩是不是一个娘胎里出来的！"

付乔闻言登时乐了，利落地反驳道："嘿，你别说，还真有可能是你在医院的时候爸妈抱错了！"

江晴看着他们斗嘴，感叹这对兄妹感情还真是好。

沈乐央因为付谨一句偏帮心中五味杂陈，又想起跨年夜那天顾默晗和付乔在一起，心情更是跌至谷底。

C934 航班上。

白薇从睡梦中醒过来，叫住身旁经过的乘务员小声地询问大概还要多久到达，得知已经进入中国境内后，她站起身想去卫生间打理一下。

顾默晗从卫生间出来时，飞机突然开始摇晃起来，顾默晗第一时间抓住洗手间的把手，正感受着颠簸力度时从走道中传来一声惊呼。

飞机开始颠簸时，白薇刚离开座位走向卫生间，穿着高跟鞋的她也因为此次颠簸无法站稳跌坐在地上。座位上的蔚迟也因为震动猛地清醒过来，发现白薇不在座位上时顿时慌了神，他解开安全带站起身想要去找她，空姐连忙出声提醒："这位先生，麻烦您系好安全带坐好。"

"可是我的朋友……"

"先生请您坐好，系好安全带！空乘人员会去找她。"

蔚迟无奈只得坐下。

飞机的颠簸还在继续，白薇跌坐在过道上，脚踝传来一阵刺痛，在刚才的颠簸中她不小心摔倒扭伤了脚踝，此时飞机的颠簸有越来越剧烈的趋势，白薇捂着脚踝不知所措地坐在地上。

这时，一个身穿制服的空乘人员来到她的身边："你还好吧？"

白薇抬起头，看到眼前男子肩章上的四条杠，是机长。

顾默晗看着眼前的女人似乎是扭伤的样子，朗声提醒道："请各位不要慌乱，不在座位上的乘客请赶紧回到座位上，系好安全带……"

"能站起来吗？"叮嘱完乘客，顾默晗复又低下身问道。

白薇点了点头，顾默晗扶着座椅小心地将她搀扶起来，送到了她的座位边，蔚迟连忙将她扶到座位上为她系好安全带。

好在只是中度颠簸，顾默晗安置好白薇后，扶着座椅向驾驶室艰难移动。

这时广播中传来空姐的提醒："尊敬的旅客，飞机遭遇气流，略有一些颠簸，请大家不要惊慌，不要离开座椅，系好安全带……"

沈乐央一行四人一顿饭吃下来好不热闹，其实主要是付谨和付乔在斗嘴。

离开餐厅的时候，付乔接到警局的通知匆忙离开，付谨便提出要送沈乐央她们回家。

此时正好是下班高峰期，每到这个时候交通就十分堵塞，更何况此刻他们正位于市中心，付谨看着前面密密麻麻排列得像整齐的火柴盒的车河有些无奈，头靠在车窗上，手指在方向盘上不耐烦地轻叩。

沈乐央的注意力被对面步行街大厦电子屏幕上播报的实时新闻吸引。

"今晨六点，一架载有349人的法航空客 S76230，在从巴西飞往法国巴黎的途中于大西洋上空失踪，机上人员全部罹难，其中有9名乘客来自中国。空客 S76230 一直是公认较为安全的机型，这次事故是 S76230 诞生以来发生的第一起乘客死亡的空难。据悉，这架 S76230 在起飞大约3个半小时之后就从雷达屏幕上消失，失踪地点的下方是风高浪急的大西洋，靠近巴西海岸。经法航事故调查小组在事故现场调查结果显示，飞机失事原因是用于测速的皮托管被冷空气的寒冰粒阻塞导致。法国调查人员在检查了所寻获的50名死者遗体后发现，遇害者并不是溺毙的，他们在坠海前就已死亡……"

主持人还在播报着事故后续，沈乐央目不转睛地盯着电子屏幕，双手也不自觉攥紧。

"放心吧，最近我们国家气温都还挺稳定的，这样的事故是不会发生的。"付谨仿佛感受到了她的不安，尽量浅显地解释着安抚道。

"他什么时候会回来？"沈乐央仿佛没听到一般问道。

"这我就不清楚了，放心吧，不会有问题的。"付谨的目光略有躲闪，模棱两可道。

其实按照航班安排，顾默晗在这个时刻就应该到了，但是航班有延误也是有可能的。

沈乐央没有因为他的安慰而轻松一点，顾默晗走的时候告诉过她，这次的航班应该在下午四点二十左右到达，但是现在已经接近五点了都还没有一点消息。

C934 航班上。

顺利通过气流层后，乘客们感受到飞行状况趋于稳定后不由得放心下来，白薇觉得脚踝处的疼痛也渐渐清晰，就像有无数根尖针在扎一样。正当她自暴自弃地想着忍忍就过去了的时候，空姐拎着医药箱向她走来。

"这位小姐您好，副驾驶通知我们您在刚才飞机颠簸的时候扭伤了脚，方便让我给您处理一下吗？"

"你受伤了！"

"扭了一下而已。"白薇一边轻描淡写地向蔚迟解释道，一边对站在一旁的空姐道着谢，"那就麻烦你了。"

驾驶舱内，老机长欣慰地抹了抹额头上冒起的细密汗珠，虽然只是中度颠簸，但是对于飞行员也是一场严峻的考验。

"老师，您休息一下吧，接下来让我来操作吧？"顾默晗看老机长明显脱力的样子不放心地建议，这是年逾 56 岁的老机长最后一次执行飞行任务，却没有想到会遇到这样的事。

老机长也深知疲劳驾驶的危害，于是将飞机控制权交给了顾默晗。

　　飞机即将着陆，距离地面将近六千米的时候，最后一次油量检查完成后，老机长在旁向嵘曦机场的地面塔台报告降落高度："呼叫塔台，这里是 C934 航班，已到达合适高度准备降落。"

　　"这里是塔台，准许降落。"

　　飞机准备要降落时，顾默晗拉下起落架的手柄，EICAS 告警信息却亮起"GEAR DISAGREE（起落架不一致）"的报警，屏幕显示飞机起落架无法顺利释放，顾默晗当即联系地面塔台。

　　"呼叫塔台，C934 航班起落架无法释放，将在上空盘旋释放燃料随后进行迫降，请塔台在地面安排相关事宜做好接应。"

　　"塔台收到，请 C934 沿 Q 省至 S 省的轨道航线盘旋。"

　　飞机通常都有最大起飞重量和最大着陆重量限制，当起落架遇到故障无法正常释放的时候，为了顺利着陆，飞行员都会选择在高空盘旋释放燃料至最大着陆重量以内。因为起落架故障将会导致飞机无法正常平稳地滑行落地，释放部分燃料后可减轻机体负重，有效地防止起落装置超载损坏以及降低飞机机翼触地时发生爆炸的可能性，飞机安全着陆可靠性会更高些，也能更好地让飞机尽可能轻地接地实施紧急迫降。

　　但这对飞行员的意志力和技术能力都是一个严酷的考验，在飞机落地瞬间，转换稍有差池就是机毁人亡，想到机上有 470 多名旅客以及 15 位机组人员，顾默晗不禁皱起了眉头。

"亲爱的旅客，本次航班由于机械故障，将在空中盘旋释放燃料，请各位旅客不要惊慌，系好安全带等待下一步的指示，对于本次行程的耽误我们深感抱歉。"广播响起，客舱中的平静立刻被打破，大家就像炸开了锅一样吵吵嚷嚷，纷纷不停地在抱怨。

"搞什么鬼啊！我还赶着回家呢！"

"我公司还等我回去开会……"

"……还要等到什么时候！我一会儿还要坐高铁！都快赶不上车了……"

白薇看着空姐保持着得体的微笑从容地向焦急的乘客道着歉："非常不好意思，耽误您的时间了，请您少安毋躁……"

窗外白云涌动，蔚迟即使在听到这么个消息的时候也并不会觉得有什么困扰，他转过身对白薇说道："你看窗外的云。"

美好的景色总是出现在险绝的地方，这是白薇第二次看到层叠的云层置于眼下，第一次她带着昏迷不醒的妈妈受人胁迫远赴美国，这一次她带着妈妈的骨灰落叶归根。

这种身不由己的无能为力感，何其相似。

【2】

付谨将江晴送到她家楼下，沈乐央和她告别后，突然对付谨开口道："我想去机场。"

"哎呀，小乐央你不要担心嘛……"话还没有说完，就被沈乐央打断："你不带我去，就在这里把我放下，我自己去。"

不知道为什么，自从看完那则报道，沈乐央心中一直有些不安，这种心慌意乱让她听不进任何安慰，迫切地想要尽早看到顾默晗。

付谨看她执着的样子，无可奈何："好好好，怕了你了，我带你去！"

两人来到机场，付谨将沈乐央带到了今天顾默晗航班降落的 T3 航站楼出口，沈乐央透过机场出口处的玻璃幕墙忧心忡忡地望出去。

付谨留意到停机坪内突然涌进的消防车辆和急救车辆，心中忽然有些不好的预感。

"为什么救护车和消防车会来？"沈乐央抓住付谨，箍得紧紧的手指掐得付谨生疼。

此时，消防车开始在跑道上喷洒一层白色的泡沫，付谨不禁皱眉，在心中暗忖难道是飞机出什么问题了？他连忙掏出手机给自己在地面塔台指挥中心的好友打电话。

挂断电话后，付谨皱起了眉头，沈乐央见状心中更是忐忑："怎么了？"

"主液压系统故障导致起落架无法放出。"

"什么意思？"她感受到自己的声音正无法控制地颤抖。

"鸟的腿断了。"付谨沉吟着又继续说，"你要相信顾默晗的飞行技术，平时我们培训的时候也做过相关训练的……"

虽然付谨说得肯定，但是沈乐央心中仍然惴惴不安。

付谨没有告诉沈乐央的是，在下降过程中，如果飞行员控制不合理，机头先着地，可能会引起驾驶舱故障使得机组人员伤亡，继而造成飞机失去控制冲出跑道，更怕的是发动机和机翼的油箱破裂导致飞机起火引发爆炸。

这次顾默晗驾驶的是波音 767 型号的客机，总共有三组起落架，虽然飞行员在平时的模拟训练中，在模拟训练器上也做过起落架故障的培训，但是毕竟没有在现实的飞行中经历过，无起落架表明了连试降复飞的机会都没有，必须尽可能精准！

因为触地的机会只有一次！

C934 航班上。

"怎么样，紧张吗？还从来没有碰到过吧？我飞了二十多年了，这也是头一遭。"老机长不知是想安慰自己还是想要鼓励顾默晗，说完就笑了起来。

"紧张也没用啊，是吧，老师。"

"说得也对啊。"老机长顿了一下，望向驾驶舱外，这片天自己看了无数遍，什么样子没有见过，唯独这一次，他开始无比地思念家人，"飞了这么久都没有事故发生，**偏偏最后一次……**"老机长话没说完就苦笑起来，顾默晗想要说些什么，但是他发现其实自己心里也没有办法轻松起来，毕竟有将近五百条生命就掌握在手中的操纵杆上。

"呼叫塔台，这里是 C934 航班，准备迫降。"

"塔台收到，准许降落，相关救援工作已经准备就绪，祝好运。"

好运，这应该是所有人的心愿吧。当遇到天灾人祸、无能为力的时候，只能希望上天可以多加眷顾，老机长在心中默默祈祷。

最后确认了一下油量，顾默晗指挥乘务长道："10 分钟后将紧急迫降，旅客的生命安全是第一位，飞机降落后，不论如何老弱妇孺优先，一定组织乘客有序撤离。"

"收到！"此刻乘务长脸上也满是凝重。

"各位乘客请注意，我是本次航班的机长，我们的飞机将进行紧急迫降，请大家放心，我公司飞行员经过严格的训练，有能力控制好状况，将大家安全送到陆地上。现在请大家注意听我说，稍后将由乘务员教大家做防冲击姿势，请大家一定要听从乘务员的指挥系好安全带，避免发生不必要的伤害，对自己和别人的生命负责。"广播中是顾默晗不容置疑的指挥声，客舱中一时寂静下来，白薇抬起头，心中莫名安定。

"女士们先生们，我是本次航班的乘务长，现在代表机长广播，请保持安静并做以下准备，迫降的时候请大家做好并维持防冲击姿势，在飞机左右两侧设有紧急出口，飞机降落后请各位听从乘务员的指挥分别从左右两侧的紧急出口离开飞机。我们预计在 90 秒内全部撤离完毕，请大家协助我们将小桌板固定、脚踏板收好，把身上的尖锐物品摘下来，例如项链、耳环、领带夹等，摘掉所有可能导致你窒息的物品。请穿高跟鞋和丝袜的女士将高跟鞋和丝袜脱下来交给乘务员。现在由乘务员向大家讲解防冲击姿势。"

"请大家跟着我做！"机组乘务员一边大声地喊道，一边示范着动作要领，"第一种：上身挺直，收紧下颌，双手用力抓住座椅扶手，双脚用力蹬地；第二种：双臂伸直交叉，抓紧前面座椅靠背，头俯下双脚用力蹬地。"

客舱中充满了凝重的气氛，大家都跟着乘务员的动作唯恐漏掉一丝要点。

埋在男朋友怀中小声抽泣的女孩、互相紧握着老伴的手的老夫妻、双手合十嘴里不停念叨着什么一脸乞求的女人，还有独自一人一脸严肃地攥着座椅的男人……每个人的脸上都盛满了焦虑、惊慌，还有恐惧，这些负面情绪就像病毒一样侵袭着机舱中的每一个人，机舱内陷入一种可怕的沉默。

"妈妈，我们为什么要学这个啊？"一个稚嫩的声音突然打破了这种静谧。

白薇下意识地看向邻座，是一个七八岁大的小男孩和一个年轻的妈妈。

　　年轻的妈妈脸上此时也是惊慌得不知所措，儿子询问的声音不小，周围的乘客都条件反射地转头看着他们，她心中也满是慌乱，但仍然强打起精神。

　　她原本是打算带儿子回娘家省亲的，丈夫的工作忙抽不出时间，于是她就带着儿子搭上了这班飞机。明明飞机的事故概率是所有交通工具里最低的，怎么偏偏就被她撞上了？！

　　即使心里再怎么慌乱不堪，看着年幼的儿子，她仍然祈求着上天让他们可以平安地回到陆地上，她收拾好情绪，尽量让自己平静下来："这是这架飞机上的机长叔叔给我们布置的任务。"看着儿子一脸似懂非懂的样子，她爱怜地抚了抚儿子的脸庞，问道，"还记得妈妈昨天教你唱的歌吗？"

　　小孩子的注意力总是会被很快转移，下一秒，乘客们已经听到客舱里小男孩的歌声：

　　"打开心门迎接蓝天，乘着白云奔向阳光

　　相信有爱就有希望，相信有心就是力量

　　散播温暖照耀心灵，带给人们喜乐平安

　　让我们满怀希望拥抱明天……"

在焦虑的状态下，每个人都把自己绷成了一根被风扯得紧紧的风筝线，仿佛只要一个轻微的不注意就会断线，这稚嫩的歌声就像是一阵温柔拂过的清风，舒缓了每一根紧绷的神经，驱散了一直笼罩在客舱中的不安阴霾。

蔚迟从那对母子身上收回视线，就看见白薇还是直勾勾地看着他们。

"你害怕吗？怕就抓住我。"蔚迟伸出手，眼神炙热地看着白薇，白薇看着他微笑地摇了摇头，继续看向窗外。

"当机长发出命令时，您要做好防冲击姿势；当飞机未完全停稳时，请您仍然保持防冲击姿势；当飞机停稳后，请按乘务员指示紧急撤离！"

此刻，乘务员一边在客舱中来回地巡检着每一位乘客的安全带，一边柔声询问身边的乘客："会做安全姿势了吗？""系好安全带了吗？""都明白出口位置了吗？""不要慌张，有序撤离，相信机长和乘务员。"

......

待乘务员确认无误后，乘务长向机长汇报："报告机长，客舱各项准备完毕。"

老机长仔细检查着各项指标——调定增压、高度表和仪表，交叉确认完毕后："灭火开关和撤离信号开关已全部打开。"

此时油量表已经开始报警，顾默晗："呼叫塔台，这里是C934，准备降落。"

"C934，现在地面风向210度，风速3米/秒，跑道5L。"

"地面风向210度，风速3米/秒，跑道5L。"

"可以落地了，目测不要高，准确操作！"

"目测不要高，准确操作。"

"随时准备对准跑道。"

此时客舱中广播再次响起："各位乘客，我们距离地面只有500英尺，准备降落。"

广播停止后，客舱中的乘客们纷纷嘱咐身旁的同伴做好防冲击姿势，还有些人看着身边素不相识的人铁青的脸出言安慰着："相信机长的技术，一定可以把我们安全送回嵘城的！""就像刚才遭遇乱流一样最后肯定也会没事的！"每一个乘客都在此刻开始默默地祷告，希望上苍可以保佑他们平安回到陆地上与家人团聚。

顾默晗调定VREF（着陆基准速度）40，关闭APU（辅助动力装置），将襟缝翼打开至最大卡位，降低飞机下沉速度。

"女士们先生们，现在我们的飞机开始降落。"

客舱内的照明灯瞬间熄灭，只剩下安全出口的灯颓然地亮着显示着"EXIT"的字样，乘务员们都在大声地不停喊着："低头弯腰，全身绷紧用力！"

　　白薇紧咬着牙，呼吸也开始急促起来，黑暗中感觉到蔚迟宽厚温暖的手掌坚定地抓住了她的手，飞机降落下沉带起一阵颠簸，白薇也来不及想什么，就这样紧紧地抓住了蔚迟的手。

　　自从接到顾默晗的报告后，塔台管制员立即启动应急救援程序，通知机场相关救援单位前来救援。得知飞机将要降落的消息，塔台立刻通报现场消防、急救等救援单位撤离跑道，在旁等待飞机降落，同时暂停本场其他班次飞机的起降，以确保救援工作的顺利进行。

　　然而嵘曦机场的管理层在得知 C934 航班起落架故障后却炸开了锅，原因是与公司合作的豪斯公司的总经理所搭乘的航班就是C934！

　　沈乐央求着付谨带她进了停机坪，看着因为太阳落山渐渐泛起紫红色的天空，有一个黑色的小点正在急速向着机场靠近，看起来就像一只振翅高飞的雄鹰，越来越近，飞机的雏形渐渐显露出来。

　　飞机越来越低，付谨看见飞机的底部连起落架的舱门都没有打开，心咯噔一下就开始狂躁地跳得不听使唤。

　　沈乐央看着飞机离地面越来越近，越来越近，耳边巨大的轰鸣声盖过了隆隆的心跳声，但是她依然能够感受到自己强劲有力的心跳，急促紧密，一百米、五十米……全身的肌肉伴随着飞机越来越低的距离收紧，她瞪大眼睛死死地盯着越来越接近跑道上方的飞机。

　　降落的飞机带动气流掀得跑道上的阻燃泡沫像是蒸腾起的一团白色烟雾，二十米、十五米、五米……飞机划过跑道上方带起的气浪就像是快艇划过海面激荡起的浪花，层层叠叠跟在飞机后面翻滚蒸腾落下。

　　顾默晗小心地拉着操纵杆，额上的汗水滑过他刚毅的脸庞，紧抿的唇线透出他内心的紧张，伴随着一阵剧烈的震动，飞机终于触地，由于害怕发动机被点燃，因此不能推动反向推进器减缓飞机滑行速度。

　　飞机昂着头，机腹处在铺满阻燃泡沫的跑道上急速滑行，摩擦间巨大的响声和客舱的剧烈晃动令客舱中的人们释放般地开始尖叫。伴随着乘务员不停地喊着"防冲击动作"的提示声，每个人的脑海里只有一个念头——"停下来快停下来"，怦怦的心跳在嘈杂的轰鸣声中显得微不足道。

　　沈乐央注视着奇迹般地准确落在跑道中心线还在不停滑行的飞机，发动机被刮得火星四溅，像是跨年夜绽放的满天烟花，不同的是那一晚的璀璨让她目眩，现在的却令她觉得心惊胆战。付谨此刻也在心中祈祷着赶紧停下来，千万不要爆炸！

　　顾默晗手掌紧紧抓着操纵杆，手臂肌肉绷紧，全身僵直，他觉得眼睛有些花，透过驾驶舱的玻璃看出去是急速倒退的跑道和连成千万条线的柏油路面。"我等你回来"，耳畔的隆隆声中蓦地响起银铃般的声音，眼前瞬间闪过沈乐央的笑脸，他猛地回过神，快停下快停下！

像是听到了大家的祈祷，飞机滑行的速度逐渐慢了下来，终于停住。

机舱中有一瞬间死一般的寂静，半晌才有人回过神来。

"停下来了，停下来了！我们没事了！"不知道是谁先喊了一句，大家原本僵直的脖颈急切地抬起来看着窗外静止的景色，随后响起一阵欢呼呐喊声还有鼓掌声。

停下来了！

【3】

飞机逐渐停稳，蔚迟感受到剧烈的震动逐渐停止，抬起头透过机窗看到发动机处冒出的滚滚浓烟，心中并没有因为飞机停下而放松，他拉起一旁脸色惨白的白薇："咱们得赶紧下机！"

应急灯亮起，机舱门缓缓打开，顾默晗的声音响彻机舱："立刻解开安全带有秩序地下机！"

乘务员引导着人群奔向舱门，观察着门外状况，确认好分离器预位后，拉动人工重启手柄，安全气垫滑梯已经释放好。

乘务员站在舱门旁指挥旅客跳滑。

"一个接一个，不要拥挤！"

顾默晗坐在驾驶座上已经是汗流浃背，回过神来轻拍老机长的肩膀，老机长浑身一震，转过头如梦初醒一般。

顾默晗从驾驶舱出来，看见客舱中还有人正在开行李柜拿行李，他不禁放声大喊道："什么都不要拿！立刻下飞机。"

一直远远跟在飞机后的消防车驶近还在冒烟的飞机，消防员有条不紊地跳下消防车，装好水管向飞机的驾驶舱和发动机处喷水降温。

付谨一把拉住正要向浓烟滚滚的飞机冲过去的沈乐央："你要干吗？飞机随时有可能爆炸，你不能过去！"

沈乐央用力挣扎想把手从付谨的钳制中抽出来，却被抓得更紧，她瞥了一眼远处从黄色的消防气垫滑梯上滑下来向这边跑来的人群，松了劲："好，我不过去，你先放开我！"

沈乐央说完不再理会他。只是默默站在原地，视线不住地在人群中巡视。付谨有些尴尬地松开她的手，沈乐央却立刻像箭一样冲进了人群之中。付谨心急如焚地紧跟在她后面却被神色仓皇的人们挡在原地，无奈地喊道："沈乐央！"沈乐央只顾躲避人群，丝毫不理会身后的叫喊。

乘务长在客舱的过道间不停高喊："还有没有人，回答我。"

此刻顾默晗和老机长也正在客舱座位间一个个地巡视，确定了没有人后才紧跟在人群后离开飞机。

当顾默晗站在地面上，回头看了一眼身后沐浴在水幕下的飞机，这时才真正回过神来，心中的巨石才陡然落地。

"顾默晗！"

听出是沈乐央的声音，顾默晗无比讶异地转过头，就看见沈乐央穿过人群向他跑来。

"你怎么在这儿！"

"你还好吧！"

两道声音同时响起，语气里都是满满的焦急。

顾默晗拉起她就向安全区跑去，他感受到交握的手心传来的濡湿感。

等他们站定后，沈乐央拉着他不停地察看着，他有些无奈："乐央，我没事。"

沈乐央抬起头埋怨地看着他，顾默晗这才发现此刻她的眼眶泛红，全身都绷得紧紧的，肩膀好像还在细微地颤抖。

他想要抬手揉揉她的头发，想起在飞机上眼前闪过的她的脸，眼神却一暗，手臂悬在身侧一个尴尬的位置。

付谨几经找寻过来看到的就是这样的场景，两个心思各异的人面对面地站着，他觉得气氛有些诡异，却又有些说不出的和谐。

"默晗，你知道管理层那个老古董来了吗？"付谨挤眉弄眼地对他低声说，言语中是赤裸裸的鄙夷，顾默晗却是一脸的淡定。

付谨口中的老古董是飞行部的经理古梁栋，付谨如此厌恶他大部分是因为顾默晗。顾默晗在嵘曦机场不论是专业能力还是职业素养都是数一数二的，可是这个古梁栋拜高踩低，屡次为难他。明明飞行时限早已达到了机长水平，机长的等级考试成绩也远超同批的副驾驶，可是别的副驾驶都已经做了机长，偏偏顾默晗还在三杠和四杠间徘徊。

不远处一群西装革履的人跟着古梁栋正行色匆匆地走向人群。

白薇此时才真正放松下来，因为刚才的跑动使得脚踝的扭伤更严重，整个人跟跄了一下。蔚迟眼疾手快地抓住她的手臂小心地扶着她，力度无比轻柔，一脸的担忧。

"蔚总。"

蔚迟转过头就看见古梁栋一脸谄笑的样子："蔚总您好，我是嵘曦航空公司的飞行部经理古梁栋。"

蔚迟拉着白薇的手搭在自己左手臂上，对古梁栋露出一个公式化的微笑："你好。"

付谨看着古梁栋点头哈腰的样子恶心极了，看顾默晗还是面不改色的样子心中更是恼火："我说顾默晗……"

"你还好吗？"沈乐央有些疑惑，顾默晗刻意回避这个话题明显得她都看出来了。

顾默晗看她一眼，轻轻地摇了摇头："在这里等我一下？"

之前在他们的谈话中，她就注意到了那边的人群，于是乖乖点头。

顾默晗眼神示意付谨一起过去。

"我才不去呢，我下午吃多了，我怕我忍不住吐出来。"付谨煞有介事地张开嘴做出一个呕吐的动作。

"也好，帮我照顾她，别让她乱跑走丢了。"沈乐央听顾默晗揶揄着，看来是还惦记着自己跑到飞机旁的事。

顾默晗见她噘着嘴想反驳却又无可奈何的样子，眼睛里罕见地露出柔软的笑意。

他终究忍不住揉了揉她的头发，低声叮嘱道："乖一点。"

付谨看着他离开的背影，有些意外地揉着眼睛，刚才是自己看错了吗？顾默晗怎么可能会这么温柔？！

"古经理。"说到底出事的毕竟是自己的航班，既然古梁栋已经在这儿了，自己说什么都要过来打一声招呼的。

"啊，顾副驾。"古梁栋斜眼瞥了一眼顾默晗，言语中净是不屑，这个年头，再有才华，再有能力，放不下那点面子不愿向人低头的人，是熬不出头的。他顾默晗是清高，不愿折腰，那他就在自己手里慢慢熬吧。

古梁栋在心里嗤笑间，却听见蔚迟身旁的白薇语带疑惑地说：
"咦，这不是刚才那个航班的机长吗？怎么变成副驾了？"

闻言，古梁栋脸上有些挂不住，一边的航务部经理打着圆场："顾副驾只是这次航班的机长，任职上还只是副驾，所以古经理才这么称呼他。"

蔚迟看着眼前打着哈哈的几人，心中却是清明："顾机长飞行水平如此精湛，贵公司应当好好加以培养。"

"还没有感谢顾机长的照顾，多亏了您在机上的帮助，不然我就不只是扭伤脚这么简单了。"白薇适时开口，眼神似不经意地不时向古梁栋身上瞟去，古梁栋心中不禁泛起阵阵忐忑，脊背也开始冒起汗来。

"没什么，职责所在而已。"顾默晗自然注意到了古梁栋变换的脸色，但是之前都不想计较的事情，如今更是懒得理会。他想起内部最近的传言，公司近期好像是想与美国那边的某个公司合作，看来面前这个就是传言中近期会来公司洽谈的蔚总，也难怪古梁栋如此小心翼翼。

"蔚总、古经理、王经理，你们还有事商量吧，我先走了。"

"顾机长，有机会再当面感谢你。"

"职责所在。"顾默晗一脸公事公办的样子转身离开。

"蔚总，我们去这边会议室谈，白小姐的脚受伤了，站着也不舒服。"

　　白薇跟着他们离开，视线却控制不住地紧紧跟着顾默晗的背影移动，却看到他在不远处一男一女面前停下。那个男人似乎说了些什么，女生把头抬起来反驳着，然后就看到顾默晗眼眸深邃、唇畔染着笑意的样子，白薇一时有些好奇是什么样的女人能够让先前那么冷静的顾默晗温柔以待。那边的女生看起来年纪不大，素净的小女生样子，似乎察觉到有人在看着她，侧过脸来看着这边。白薇在看到她脸的那一瞬间，瞳孔不受控制地紧缩，脚步也一个趔趄，一旁的蔚迟连忙搀住她问道："怎么了？"

　　白薇摇着头，示意自己没事，心中却是震惊不已，那个女孩怎么会和那女人那么像？！

第七章

即使你逃避也无法改变事实。

【1】

在回家的路上，沈乐央时不时就要偏头看一眼顾默晗，就像是要确定顾默晗此刻真真切切地在自己身边一样。顾默晗自然注意到，他一直在后视镜中观察着沈乐央的一举一动，看着她仍是惴惴不安的样子，显然是因为刚才看到飞机迫降，自己又在那架飞机上而受到了惊吓，于是他出言安抚道："放心吧，我没事的，没有受伤，也没有磕着碰着，一切都很好。"

沈乐央闻言仍然是怏怏的。

"还有，乐央，下一次不要做那么危险的事了。"顾默晗像是想起什么，郑重其事地开口道，"你知道飞机刚刚迫降还有爆炸的可能性，别人都是往外跑，你还使劲往上凑，你要是出了什么事……"顾默晗尽可能轻松地说着，却被沈乐央打断。

"我不知道危不危险，我只知道你在上面，如果有下一次我还是会往上冲，如果飞机会爆炸，那我也认了！"

她说得很急，完全没有经过大脑就这么脱口而出，每一个字都掷地有声，有那么一丝听天由命味道的话语听在顾默晗的耳朵里却无比地震撼。

那是什么样的一种感情，宁愿冒着生命危险也要确认他的安全，他完全相信她说的，今天如果自己没有从飞机上下来，她真的会冲上飞机来找自己！

顾默晗的心有些慌乱，开心、感动、忐忑、疑惑……各种各样的感情瞬间交织在一起。

想起那天她醉酒后的告白，他觉得有些欢喜，但是转眼又有些难堪，他们的人生原本应该是两条有过交集但是会越来越远的线，他应该做她人生中的引路人，做她人生困顿时候暂时的避风港，帮助她走过人生中最泥泞的路程，然后将她送去更好的未来。

但是自己真的做得到吗？顾默晗在心中反问自己。

顾默晗想象着如果自己今天在飞机上出事，离开人世了，那么自己就算是变成了轻飘飘的灵魂，一想到她，应该也还是会不得安宁，也还是会因为放心不下她而徘徊人间吧。

那到底他们之间是什么时候开始有这种变化的？顾默晗想要在记忆中找到一点蛛丝马迹，但是想起的都是她饱含深情凝视自己的眼睛。

顾默晗你不能这么自私！他像是要点醒自己一样在心里呐喊着。

她还没有长大，还不懂什么是真正的爱，自己不能这么自私。

将来沈乐央会像羽翼已丰的雏鹰飞离巢穴一般离开自己，然后在可以预见的未来中找到一个英俊得体的男子，穿上美丽的婚纱，披上头纱，挽着别人的手缓缓步入婚礼的殿堂，然后……然后自己呢？

他想到这些便觉得胸口涩涩胀痛，但仍然自虐般地为她在脑海中勾画这美好的蓝图，这是她该拥有的未来，这就是事实啊，但是心里那残存的希冀是怎么回事？顾默晗的心很乱，神色也不断变化着。

沈乐央却还在因为自己刚才的话有些难堪，自己那么说，他会不会看出来什么，也许像江晴说的他早就看出来了，但是一直装作若无其事的样子。

不管了，就告诉他吧——我喜欢你，我沈乐央喜欢你，不是一时兴起，我喜欢你已经喜欢了很久了！喜欢到我自己都快看不起自己了！

对，就告诉他吧。

回到家，站在玄关门口，沈乐央觉得口干舌燥，刚刚在车上准备的满肚子的话也不知道该从何说起，她冲到屋内抓起杯子仰头灌着水冲散心里的慌乱。

顾默晗在下车的时候就看出她的心事重重，现在更是像做出了什么重大决定的样子。

他隐约猜到她想要干什么，但是……

"顾默晗，我……"像是终于下定决心，沈乐央在心底暗暗给自己鼓劲，开口叫住要回房的顾默晗。

"乐央，我累了，想休息了，有什么话我们以后再说。"顾默晗眸子一暗，旋即打断她，脚步不停地向卧房走去。

沈乐央见状心中一慌，急忙跑过去就抓住他的手臂。顾默晗却如遭雷劈地抽回手，沈乐央始料不及跟着他的动作就是一个趔趄，眼看要撞到墙壁上，顾默晗见状想要伸手扶住她，却在半空中刹住。

沈乐央蹙眉感受着肩膀上传来的钝痛，有些不可思议地看着他，往常这样的状况他一定会扶住自己！

顾默晗撇头当作看不见她的震惊和控诉，转身开门，冷淡地说：

"很晚了，快休息吧。"

沈乐央回过神来却看见即将要关上的房门，急忙伸手抓住门框，顾默晗连忙收住关门的力道。她用力推开房门，力道之大导致房门"嘭"的一声撞在墙上。

"顾默晗，我喜欢你！"她脱口而出，说完以后，沈乐央觉得这也许不是最好的开场白，但是却成功地打开了话匣，让她心中的巨石不再压得她紧张焦虑。

"对，顾默晗，我就是喜欢你！不知道从什么时候开始，我就喜欢上你了！我……我……我没有办法控制，我知道的时候已经控制不了了！"她一鼓作气继续说下去。

她说得坦诚，眸中盛满了殷切，似乎这样就能让他看到自己坦荡的、炙热的内心。

顾默晗只看了她一眼，就慌忙撇过头，她眸中的璀璨光芒让他无法控制自己慌乱的内心。

沈乐央看到他的动作，心中一沉。

"顾默晗，即使你逃避也无法改变，我喜欢你，这就是事实。"她继续说下去，"我不是要逼你答应什么、回应什么，我只是想告诉你，我喜欢你。这样你就不会一直把我当作一个不懂事的孩子一样照顾，那样我就永远只能仰视着你，永远都没有办法堂堂正正地喜欢你！"

顾默晗嘴唇开合像是想要说什么，但最终并没有说出口，一时之间房间中满是沉默。

其实她知道，他那么聪明，一定早就看出了她的感情，只有自己还傻傻地以为掩藏得很好。

她满不在乎地挥着手解释道："我就是想和你说一声而已，毕竟喜欢这种事是相互的嘛。没什么，你……我……我……嗯，你刚刚那么辛苦，然后，你早些休息吧。"沈乐央感受到自己的语无伦次，咧开嘴笑了一下，接着她揉了揉眼睛，有些酸。

她转身打算离去，却又像是有些不甘心，复又开口，言语之间满是期待。

"所以，你喜欢我吗？"她有些紧张，声音有些颤抖，紧张得喉头不自觉地吞咽，满是苦涩。

顾默晗无措地看着她背过去的身子，有些瘦弱，有些无助，他觉得心里有些很柔软的地方像是被针刺到了一般泛起阵阵尖锐的疼痛。他想把手伸过去，想要安慰她，想告诉她不要这个样子，但是他更加明白自己不能够这样做。

沈乐央理所当然地接受了身后的沉默不语，也像是宽慰自己一样："你也可以不用现在就答复我，你想好了随时可以告诉我，我会等。"她身侧的手随着她的话渐渐攥起。

"其实比起你的拒绝，我更加无法忍受你的视而不见。早点休息吧，我不打扰你了。"

说完她急忙跑回自己房间，动作一气呵成，像是害怕听到他说出什么她害怕听到的话。

关上门，顾默晗脑海里不断回荡着她说"我喜欢你"时的模样，他控制不住自己的嘴角翘起，像是什么东西终得圆满一样。

他的手不由自主地覆上胸口，心脏剧烈地跳动着，似乎有什么想要破胸而出，闷闷的。

沈乐央的一颦一笑像走马灯似的一帧一帧地不断闪现，就像今天的飞机一样不受控制。

想起刚才她极力掩盖低落情绪、脸上牵强扯出的笑容，眉间蹙拢。

【2】

夜幕笼罩，本来应该静谧的时刻却像是被人强行注射了一针兴奋剂，潜伏其下的沸腾血液灌溉着每一个细胞，人们开始变得浮躁不安。

嘈杂的酒吧一派喧嚣，石磊颓丧地坐在包间里不停地往嘴里灌着酒，身旁的小弟都感受到他的低气压，一个个噤若寒蝉。

一个身材姣好的女人走进包厢，站在他的面前，他头也不抬："给老子滚，老子今天没心情。"

最近因为叶勇那个老小子的事他心头正烦，前几天去八角巷，没想到那个老小子一副孬种样子跑得倒快，早就跑得不见人影。他想着好歹叶勇女儿还在，也算有几分姿色，身边还有一个看起来家境不错的小子，说不定可以捞一票。没想到他派去跟踪的几个小弟莫名其妙被警察给抓了，说有人报警举报他们跟踪尾随，紧跟着自己地盘上好几个场子接二连三都被抄了。

被整成这个样子却没有一点头绪，难怪他会在这儿喝闷酒。

眼前的女人纹丝不动，石磊觉得烦躁不已，抬起头眯着眼看着眼前这个大半张脸都被墨镜遮住的女人："老子叫你滚，你听不懂是不是？"

女人看他这个样子也不发怵，从包里掏出一个厚厚的信封，在他面前晃了晃："我是来做交易的。"

石磊看着眼前神色倨傲的女人："一年到头，想跟我交易的人、花钱请我办事的人多了去了，你算老几？"不似刚才那样暴怒却也显得兴致缺缺，说实话，他需要钱，但白薇拿来的这点小钱对他来说只是杯水车薪。

"这些钱只是给石先生的见面礼，至于我拜托石先生的事只是找个故人而已，我相信以石先生的人脉，在嵊城找个人并不难。"

闻言，石磊双手抱胸，阴鸷地眯起眼睛戏谑地盯着眼前这个女人。

"说来听听看。"

女人从信封底下抽出一张照片，说是照片其实有些牵强，准确地说是一张从杂志上剪下来的照片，沈峻彦的手搭着程晗韫的肩膀笑得温柔。

"这个女人，我想知道她现在还在不在嵘城，生活得怎么样？"

石磊站起身，伸出食指挑起她脸上那副夸张的墨镜，看清女人的面容。

白薇厌恶地撇过头去，隐匿了眼中的怨恨和恶毒，墨镜就这么顺着石磊的动作钩在他的手指间晃荡。

"好，没问题，希望到时候小姐能够给我合理的报酬。"石磊居高临下地看着眼前的白薇狞笑着说。

白薇从他手中抽回墨镜，挺直脊背淡定地推门出去，震耳欲聋的音乐声在开门的一瞬间响起。

石磊跟着步出包厢，包厢外是一条走廊，可以俯瞰整个酒吧内场。

"去，找个人，把这件事做好。"石磊手肘撑在栏杆上，头也不回地朝一边的小弟吩咐道，他饶有兴致地看着下面人头攒动，舞池里的人一个个浓妆艳抹，五颜六色的灯光照在他们的脸上，给他们又绘上多一层的假面。一身黑裙的白薇就这么视而不见地从人群中穿插而过，被她分开的人群就像是沼泽地里滋生出来的一条暗河，平静得如同一汪死水，底下却是暗潮汹涌。

已经走到门口的白薇似乎有感应一般回过头遥遥望了一眼刚才包厢的位置，看见石磊正趴在栏杆上看着自己，脸上在笑着但是眼睛却透着瘆人的光。就像是被蛰伏在暗处的猛兽死死地盯住，那道目光透露着毫无掩饰的贪婪和阴鸷，让她那一瞬有些恐惧，并不像来时强装的倨傲，自己在他面前稚嫩得就像一个刚出生的孩子一样，这种被看透的感觉让她心中生出一阵恶寒，正要转身离去，就看见石磊轻佻地抬起手左右扬了扬，做了一个再见的手势。

如果可以，真的希望不要再见了，但是这么想着心中又隐隐有些不甘。

白薇最后看了一眼那些左右摇摆、扭曲着肢体的人，迷醉的脸上欢愉的表情、妖娆而轻佻的眼神在节拍隆隆的音乐中像病毒一样疯狂地扩散，醉生梦死，她鄙夷地收回视线转身离开。

石磊睨视着她的一举一动，将她的每个神情都尽收眼底，这个女人，以为钱可以摆平一切，石磊不禁轻笑一声，踏进这条河还想要干干净净地全身而退？真是天真。踏入了这个泥沼，就不要想着回到陆地上。

【3】

清晨，似乎是预见到顾默晗的避而不见，沈乐央早早就出了门。

这两天，他对自己能避则避的态度其实让她有些拿不准，他那些她不曾见过的清醒而冷漠的目光，让她每一次看到，心中都会因为不适应陡然一怔。

顾默晗捏着手机，看着沈乐央的短信："我去找江晴，不用担心。"

他觉得头有些胀痛，颓然倒在床上，眼前天旋地转，应该是昨天精神过于紧张的后遗症，再加上昨晚听到沈乐央的告白，睡得并不安稳，梦里迷迷糊糊的场景里满满的都是她，好的、坏的，一直不停地在脑海中萦绕盘旋，像是要把所有的可能都走一遍。

顾默晗踱步至冰箱前，玄关处传来钥匙转动锁芯的声音。

去而复返的沈乐央看着餐厅里的顾默晗心下更加暗淡，她并不是想要试探些什么故意去而复返。出门的时候她心中还在埋怨他，也希望自己回家时他还在睡着，这样至少她还可以继续骗自己他只是累了，不是在刻意躲避自己。

其实自从她唐突地告白之后，顾默晗就开始有意无意地躲避着她，这的确让她很不适应，不适应之余又有些怨愤，也有些不甘心，但是不甘心有什么用呢？她自己也说，感情是两个人的事。

有一句话是怎么说的？

如果爱情的距离是一百步，只要你肯走一步，我就愿意为了你将剩下的九十九步走完。

沈乐央心中认为，别说九十九步，哪怕是九百九十九步抑或是更多又有何妨？她都无所畏惧。

但是当我亦步亦趋走了这九十九步来到了你的面前，剩下你只要一抬脚就能拥抱住我的距离，你却踌躇不前。最后这一步和之前的九十九步相比实在是微不足道，但是能吓退我的往往就是你最后一步踌躇不前的犹疑。

"你醒了，我刚才下楼的时候偶然看见新开的粥店，想着给你做早餐正好。以前在家的时候，爸爸胃不好妈妈总是会煮粥给他喝，我听付谨叔叔抱怨过你们做飞行员的经常也是三餐不正常……"沈乐央心中失落，面上却不愿流露出来。

沈乐央絮絮叨叨地说着这些琐碎小事的场景，让顾默晗有一种十分不真切的感觉，好像这个昨天还要自己呵护的小女孩一夜之间就长大了，让他一时有些慌神。

"顾默晗，你喜不喜欢吃甜的啊？我买的是红枣小米粥，我不知道你喜不喜欢吃甜的就让老板少放了一些糖。"

沈乐央全然不知他内心的波涛汹涌，她一边说着一边头也不抬地将塑料碗中的小米粥倒进瓷碗中，拿着勺子细细地搅拌："还有一点烫，放凉一下……"

"我不喝粥。"随着沈乐央的动作，米粥的香气在客厅中四散开来，他极力控制着反胃的抽搐说道。

听到这句冲口而出没有丝毫感情的话语，沈乐央愣怔地抬头，他的脸庞依旧冷峻从容，一向清冷从容的眸子里却透着一股阴郁的深沉，眼眶下的乌青也透露着疲惫。

猝不及防，他们的目光碰撞，沈乐央看见他深沉的眸底慌乱的自己，顾默晗则看到一脸冷漠阴沉的自己，那个不堪入目的样子让他急促地别开眼去。

沈乐央看他不耐烦的动作，拿着调羹的手一抖，在碗沿碰出"叮"的一声，勾回了两个人的思绪。

"我回房了，要出去的话记得关好门带钥匙。"

关门声落下后，沈乐央端着粥一脸落寞。

顾默晗回到房间后觉得有些莫名的气闷，打开窗清凉的空气扑在脸上才稍稍缓解。

他没有刻意想要为难她，只是他真的不喝粥。

他浑身紧绷地站在窗前，向外看去，高楼大厦层层叠叠错落有致，穿插其间的树木张牙舞爪地伸出光秃秃的干枯枝丫。街道上川流不息，人与车都是向着前方急速前行，一成不变。

那是还在八角巷的日子，他每一天都过得拮据而仓皇。

生活在每一天都要担忧下一顿有没有饭吃中循环，半夜饥肠辘辘地躺在冰冷的炕上辗转难眠。当他终于领着微薄的薪水回到八角巷却迎面碰到一群流氓，他们围着他，抓住他挣扎扭曲的身子狠狠地按在地上，临走的时候啐着唾沫甩给了他三十块钱骂骂咧咧地离开。

他带着满身的肮脏从地上捡起了钱，去到超市买了二十斤白米，此后的每一天都靠粥度日。

黏腻的米粒和着寡淡的汤水，以至于后来他在大学食堂里偶然闻到，胃都会控制不住地痉挛。

等他回到客厅，沈乐央早已出去，桌上的红枣小米粥触手还有余温。

他拿起勺子送至鼻尖闻了一下，枣香味冲淡了大米的香腻，他试着抿了一口，入口清甜不似回忆中的寡淡。

入喉的稍稍暖意熨帖得他心中那堵冰墙都开始逐渐消融。

"乐央你不要这样子嘛，他稍微对你冷言冷语你就受不了了？这样一点小挫折都受不了干脆放弃算了！"

叶思颖在旁轻轻拉了拉江晴，眼神询问着是不是说得太严重了，江晴瞥了她一眼示意，"你懂什么啊，看我的。"

"要我说啊，上次那个女警呢干练帅气，主要是一点都不畏惧那座大冰山的冷气，说不定啊，再坚持一下啊……"

"胡说！"沈乐央面色不善地反驳道。

"舍得理我啦？他又没有拒绝你，你现在这么悲观干吗啊！"

提及这个事，沈乐央又耷拉下了脑袋。

"他是没有明确地拒绝我，但是他的行动已经表现出来了啊，我又不傻。"

"还说你不傻！你说，如果现在有个男生向你表白，你又不喜欢他，你会怎么办？"

"当然是马上拒绝啊！"

江晴看着她理所当然的口吻，一副孺子可教的样子。

"你的意思是，他心里也是喜欢我的，只是还没有发现？"她的心中陡然雀跃起来。

"不，他应该已经发现了，不然不会躲着你。如果他不喜欢你，那他就会像你刚才说的坦白告诉你，然后，让你走。"

其实沈乐央多少都知道一些，但是好像这些事只有从另一个人嘴里说出来才更让她信服。

"你烦也没有用，现在决定权不在你手里。等吧，等他想好了，你会知道该怎么做的。"

江晴拍拍她的肩膀，看着她神色愁苦的样子。

"好了别想了，今天下午叶思颖也要去打工，咱们正好去鹿鹿姐那里坐坐，好不好？"

她们口中的鹿鹿姐就是叶思颖打工的地方的老板鹿萝，她在市中心购物商场里经营一家名唤"鹿鸣"的奶茶店。据叶思颖说，鹿萝姐对她很是照顾，她和江晴第一次去的时候看到门口葱郁茂盛的绿萝，还以为这是一家花房。

沈乐央猛地一转身，警惕地看向身后，但是身后除了熙攘的人群并没有什么特别的，可是这一路上她始终觉得有些若有似无的视线紧紧地盯着她们。

江晴看她看着身后不知在看什么："怎么了？"

"没什么。"沈乐央环视了一圈，发现并没有什么异样，摇了摇头，暗忖应该是自己多心了。

【4】

在这个商业化气息浓重的购物广场里，鹿鸣显得有些格格不入，几枝枯枝构成的招牌边框就像麋鹿纵横的角，招牌上简单的方块字书写着"鹿鸣"二字，常绿藤本植物葱郁地生长在被固定在玻璃窗上的白色瓷盆里，几枝长藤垂下来就像新娘手中层层叠叠的捧花。

沈乐央和江晴远远地看过去，店老板鹿萝正拿着水壶弯腰给店门口各种各样的盆栽植物浇着水，被花团簇拥着远远看过去越发像是一家花店。

"欢迎光临。"鹿萝察觉有人靠近，微笑地打着招呼，抬头看见是沈乐央和江晴，于是轻轻一笑，"是你们啊。"

"巧笑倩兮，美目盼兮。"这是沈乐央第一次看到鹿萝时心中想起的诗句，到现在她还是觉得鹿萝是当之无愧的美人。

"鹿萝姐，我们来找思颖的。"

"她在里边呢，去吧。"鹿萝笑着道。

沈乐央透过玻璃窗看着店门口弯着腰浇水的鹿萝——恬静的笑容浮现在白净的脸庞上，忍不住道："鹿萝姐还真是温柔。"

"对啊，跟仙女似的，追她的人肯定数都数不过来。"江晴趴在柜台上感叹道，压低声音悄悄问叶思颖，"鹿萝姐有没有男朋友呀？"

叶思颖偏着头想了想："应该没有吧，每天来店里的时候都是她一个人。"

"啧啧啧，这么漂亮的大仙女居然没有男朋友，真是暴殄天物啊！"沈乐央看着江晴耍宝似的摇着头咂嘴感叹，不由得觉得好笑。

听叶思颖说鹿萝姐是去年年初才从美国回嵘城的，其实沈乐央也好奇过，到底什么样的男人才能够获得鹿萝姐的芳心呢？

卖场在日光灯的照射下时刻都亮如白昼，但是这种明亮透着一种死气沉沉的苍白，没有温度。顾默晗觉得这柱形建筑像一个巨大的囚笼，人们把所有奢侈的、让人钦慕的、让人忍不住驻足流连的商品都聚集在这个场所供人消费，吸引着无数人来来去去，空气里都是一股人潮汹涌的味道。

顾默晗本想在家好好休息一天，理理烦乱的思绪，却被付谨一个电话打乱。

等到出来了才发现付谨其实就是个托，是付乔从新闻上得知了几天前的 C934 航班的事故，担心他才拜托付谨约顾默晗出来。想起付乔对程晗韫明里暗里的照顾，顾默晗便不再推辞。

"前几天局里还接到报案说这里有不法分子跟踪女学生，你们知道我来这边排查的时候，碰见谁了吗？"付乔卖着关子，狡黠地说。

"谁啊？"

"鹿萝。"

付谨原本也是想着顾默晗估计不会有闲情逸致去接这话茬，怕场面过于尴尬，漫不经心地随口一问，却没有想到听到这么个名字。

鹿萝是付乔大学时候的闺蜜也是付谨的前女友，后来她赴美留学，彼时付谨也刚刚开始实习生涯，两人忙碌起来，渐行渐远就此分开。

其实在鹿萝与付乔偶遇的时候，两人都不禁在心里感叹，这个世界真的很小，小到不经意间一转身，入目的都是熟悉的脸孔。

距离叶思颖下班还有半个多小时，沈乐央与江晴便点了两杯奶茶打算边喝边等。奶茶还没好，眼尖的江晴又看到斜对面有一家小食店，非嚷着说喝奶茶不能没有零食，就拉着她出来买，这一买就根本停不下来。

"哎呀，就我们几个人吃够了的！"沈乐央拉住江晴，阻止她继续挑零食。

江晴就是个吃货，不停地眨巴着眼委屈地看着沈乐央："拜托拜托，最后一点嘛！"

看着她双手交叠装可怜的样子，沈乐央心中又气又好笑，语带嫌弃地妥协："最后一点！"她伸出一根手指强调，一脸严肃。

看着江晴不住地点头保证，沈乐央无可奈何地看着她，眼神一晃就瞥见江晴身后不远处一个熟悉的身影，顾默晗？

站在他身边的是谁？

正当她要细看的时候，江晴突然一把搂住她，嘴里还念叨着："乐央你最好了！"

等到江晴放开手转过身去，沈乐央顺着刚才那个方向再去寻找，已不见刚才那个熟悉的身影了。

付乔带着顾默晗来到"鹿鸣"，她本来是想把付谨带来的，但是付谨那家伙一直说想去看看餐厅订的位置有没有安排好，然后就这么跑了！

"欢迎光临。"叶思颖正招呼着，抬眼看见是顾默晗，愣怔间却听见身后鹿萝的声音。

"是你们啊。"

"嗯，正好路过，过来看看你。"付乔笑着大步走过去和她拥抱了一下。

"要坐一会儿吗？"

"不了，还有人在饭店等，下次有机会我再单独来找你聊天。"付乔特意将"有人"两个字咬得特别重。

鹿萝却好像不解其意，轻笑着说："好。"

"那我们下次再约了。"

沈乐央和江晴回到店里的时候正好就听见了这一句，眼前顾长挺拔的身影和付乔熟悉爽朗的声音，都证明她刚刚并没有眼花。

"你怎么不在家休息？"沈乐央看了一眼一旁的付乔，蹙眉问道。

"……有事。"顾默晗下意识地想说是付谨约他出来的，瞥见一旁的鹿萝又咽了回去。

"原来你们都认识啊，"鹿萝在一旁诧异感叹道，"这个世界还真是小啊。"

这个世界真小，但是沈乐央宁愿这个世界不那么小，这样自己就不用在这么尴尬的场合下遇见他。

"我们先走了，还有人在等。"

江晴看着沈乐央紧睇着顾默晗离开的样子，有些嫌弃她的不争气，但还是在一旁给她打探起来："鹿鹿姐，你怎么会认识刚刚那个人啊？"

　　"大学时候的同学。"其实那时候和付乔的关系应该算是闺蜜吧，毕竟大学的时候她们无话不谈，想起来鹿萝都有些怀念那时候。

　　"那，顾默晗那会儿应该有很多人追吧？"江晴眼珠骨碌转着道。

　　"小丫头眼光不错啊，大学那会儿喜欢他的姑娘多得都排不上号了。"

　　"付乔姐姐是不是也喜欢他啊。"江晴终于问出了沈乐央最在乎的问题。

　　"你也看出来了。"鹿萝有些无奈，其实很显而易见吧，只要有顾默晗在的地方，阿乔的眼里就只有他的身影。

　　"那他……"

　　"小丫头片子，瞧你那点花花肠子，是替你朋友问的吧。"鹿萝好笑地看着沈乐央，这孩子就差把所有的表情都摆在脸上了。沈乐央听鹿萝这么说，脸控制不住地爆红。

　　鹿萝看她不好意思的样子也不再取笑，叹了口气："如果喜欢，早就喜欢上了，怎么会等到现在，阿乔傻，不知道放手。"

　　可能就是因为从来都没有得到过吧，所以才在心底一直念念不忘。

"其实我也不懂阿乔喜欢他什么，顾默晗这人看起来好接近，没有架子，但是时间久了你就会发现，他那个人啊，是骨子里透出的不近人情。你以为你已经走近他了，但是在他那里……山高路远，还远不够呢。"鹿萝自顾自地说起来，末了还看了沈乐央一眼，似是同情和怜惜。

沈乐央有些疑惑，鹿萝紧接着说："乐央你别误会，我是替阿乔可惜，我喜欢的是太阳，顾默晗太冷淡了。"

就连植物都懂得趋阳避阴，鹿萝觉得和简单一点的人在一起更自在。人啊，最重要的是明白自己适合什么需要什么，一味地去追逐自己想要的，往往就看不到身后。

但是沈乐央并不赞同鹿萝所说的不近人情这个词语，她觉得顾默晗是一个知冷热而且很惜情的人。他珍惜感激他所拥有的一切并回报以更多，他只是在自己的心上筑起了高高的墙，跨过这道墙就可以明明白白地看到他滚烫的心。

她比别人唯一要幸运的一点是她一直就在墙内，可是她虽然在墙里，顾默晗却给他自己画了一个圈，从不逾矩。

趁着上菜的空当，付谨拉着顾默晗来到店门外。

"为什么躲着她？"

付谨拿着烟的手略有一顿，深深地抽了一口手指间的白色烟卷，含混不清地开口："你想多了。"

顾默晗似笑非笑地看着他，付谨有些挫败，看着楼下招牌上隐约的一个鹿字。

她还是没变，那个鹿字和大学时候写得一模一样，以前在一起的时候他常常取笑她，不论是什么笔画在她的排布下就只有横竖。她规矩得就像是橱柜中明码标价的奢侈品，毫无转圜的余地，性格也是这样，是与非对与错，耿直得可怕。

"那你呢？"付谨偏过头凝视着他。

"我和你不一样。"顾默晗的嘴角扯开一个弧度，看似在笑，但是笑容根本没有到达眼底。

"有什么不一样？"付谨将烟头狠狠地砸在地上，溅起细微的火花，"老子在鹿萝那儿没学会别的，就学会了一点，喜欢就是喜欢，不喜欢就是不喜欢，没忘记就是忘不掉。就像饿了就吃饭一样，不论你怎么骗自己，你的身体会很诚实地告诉你答案，没有一点办法。

"顾默晗，没有什么是蹚不过去的，不要给自己画地为牢，感情这种东西不是你假装没有就真的没有的！

"付乔喜欢你，我想要撮合你们，不仅是因为她是我妹妹我想成全她，但是你不喜欢她我也从来不说你半个不字，因为我知道不能勉强。

"咱俩这么多年过来了，我不知道你以前经历过什么，但是认识你到现在，只有在沈乐央出现以后，你才活得有个人样。

"我是打心底里希望你过得好，兄弟。不要再做一个没有感情、冷冰冰的机器人，有时候不要去顾虑那么多，没用，反而白白耽误了人家。你现在是犹豫不决，将来有得你后悔的！"

付谨深有体会，所以言语间也满是苦涩。顾默晗好笑地看着他，突然开口："你现在也犹豫不决，将来有得你后悔的。"

付谨有些傻眼，自己光顾着教育他，没想到搬起石头砸了自己的脚，他烦躁地挠挠头发，冲口而出："我的情况和你不一样！"

话一出口，付谨似乎想到之前顾默晗也回答了这么句，不由得苦笑。

其实有什么不同？道理说白了大家都懂，但是真正要去做，往往都是顾虑重重，毕竟感情不是一道是非题，只有对错两个选择。

一顿饭下来，各怀心事的三个人吃得味如嚼蜡，像是都回避着"鹿鸣"一般，他们从另一边的出口出了商场。

顾默晗将车从停车场驶出来的时候，付乔愣愣地站在路边显眼的地方等着，付谨则皱着眉头在花坛边抽着烟。

"上车。"

付谨叼着烟看着付乔上车，白色的烟雾蒙在他的眼前，末了他烦躁地丢下烟头用鞋尖不断来回碾着。

"默晗，付乔就拜托你送她回去。"

顾默晗看着见自己点头后就迫不及待转身向商场里跑去的付谨，垂眸下来，心中有说不出的失落。

付乔看着窗外不断变化的夜色，脑海中都是付谨刚才迫切的样子。

"你说，我哥那么白痴还能追上鹿萝吗？"顾默晗沉默地开着车，紧抿的唇让他周身的空气都有些凝固，她随口找了个话题想要打破这种沉闷的气氛。

"不用追。"其实他倒觉得，他们只是经历了一场久别，就像大学时候他送她回家之后挥手告别，只是这一次第二天来得晚了些吧。

顾默晗眼中有些不一样的情绪在闪烁着，微勾起嘴角似笑非笑，付乔看着他俊美的容颜、微扬的嘴角，无法控制地乱了思绪。

他正在开着车，所以目光是认真凝视前方的，从付乔的角度看过去，鼻梁挺拔，眉眼深邃，目光坚毅。

"阿乔，我可能有喜欢的人了。"

付乔闻言，却是淡淡地收回目光，脸上浮起一抹苦涩的笑容。

"既然喜欢人家女孩子，就早点告诉她吧，刚才我看她那个样子，恨不得撕了我。"她故作轻松地开口。

其实第一次见沈乐央的时候，她就看出来这个女孩子眼里心里都是顾默晗，和那时候的自己一样痴迷、崇拜，小心地接近他。她一直以为自己和顾默晗相识这么些年，就算有一天顾默晗要找女朋友，第一人选应该也是自己吧。

但是好像是自己输了，输给了自己的执念。

"你有喜欢的人了，我也终于可以去找个好男人嫁了，嘿嘿。"

"对不起。"

"没什么好对不起的，我一直都知道你只是把我当妹妹，是我自己不死心……"她仰起头，连声音都有些哽咽。

将付乔送到家，她下了车，和顾默晗挥手告别后，突然想起最近那个商场出现跟踪女学生的变态，忘了提醒顾默晗小心沈乐央的安全。但是转念一想，前段时间不是已经将嫌疑犯抓进局子里了，应该是没问题的。

头顶的月光正盛，付乔看着逐渐隐匿进黑暗的黑色轿车，深深地呼吸，直到胸口都胀疼，然后长长地吐出来，她觉得心中长久的那股酸涩感随着气息的吞吐，似乎也没那么沉重了。

第八章

无形之中有些重要的东西被她狠心丢弃了。

【1】

一大早，顾默晗驱车前往嵘曦航空公司总部。

飞行员一般都是在各大机场之间来回，只有日常训练或一些特定的时候才会来公司总部。C934 航班事故后，机务副总曾找过他了解事故时机上的情况，也交代了一些与豪斯公司合作案的资料。昨天午间，他就收到通知，取消他今日的航班，去公司总部会议室报到。

因为没有航班任务，所以顾默晗今天没有穿制服，但是一身笔挺的西装也十分引人注目。

会议室里竟然是总经理助理正在调试着液晶显示器："顾副驾，请入座稍等片刻。"

顾默晗点头示意，在写着自己名字的座位前坐下，桌上的名牌上都是平时没怎么见过的管理层人员以及老总的名字。人陆陆续续步入会议室，当顾默晗看到蔚迟和白薇时才意识到今天的会议可能是与豪斯公司的合作案有关。

白薇跟在蔚迟身后进入会议室，入座的时候看向对面稳如泰山的顾默晗，在他点头示意间粲然一笑。

会议的主要内容一直围绕着嵘曦航空公司决定要研制的我国首架具有完全自主知识产权、首款符合最新国际适航标准的干线民用飞机展开。豪斯公司是全球航空航天业的领袖公司，是世界上最大的民用和军用飞机制造商之一，嵘曦公司希望可以与豪斯公司达成合作。

其实顾默晗会出现在这里，主要是因为C934航班事故中，蔚迟和白薇也在飞机上，所以在与嵘曦航空的总经理谈合作的时候，尤其夸赞了发生事故时顾默晗的应变能力还有专业素养，于是老总们当即决定这架飞机研制出来之后就由顾默晗驾驶首飞。

会议结束后，蔚迟还在和嵘曦航空的高层谈话，白薇跟在顾默晗的身后走出会议室。

走在前面的顾默晗双肩宽厚，腰脊笔直，白薇看着他，便不由自主地想起那天在机场那个和他一起的女孩。

　　自从她得知母亲的死不是意外导致的之后，她就常常想起那张脸，看到那女孩她就觉得和记忆中的那个人实在是太像了。

　　"顾先生。"眼看着顾默晗马上就要离开，白薇连忙开口。

　　顾默晗回过身："白小姐，请问有什么事？"

　　"上一次说的当面感谢。"白薇狡黠地笑了笑。

　　"不用了，白小姐，我是机长，帮助你是我的职责所在。"顾默晗一本正经的样子让白薇心生不悦，明明那一天在机场的时候，他是那么温柔地笑着。

　　"如果白小姐没有什么事我就先走了。"

　　见他转身就要离开，白薇立刻道："对了，我想问一下顾先生，你知道静安康城小区在哪里？我刚从美国回来，对这边还不是很熟。"

　　顾默晗眯起眼睛，心里突然有一种怪异的感觉，静安康城就是他所居住的小区。

　　"我刚好住在那边。"

　　"真的啊，太好了。"顾默晗盯着白薇的每一丝细微表情，想要看出些什么端倪，但是好像是他多心了。

　　"你能带我过去吗？我有朋友住在那边……"

　　顾默晗拿着医药箱站在客厅，觉得今天发生的一切都有些莫名其妙的诡异。这个女人要找的地方是自己所居住的小区，不知道路刚好问的又是自己，到了小区后，又因为玩闹的小孩而摔倒在地上受伤，而她口中的那个朋友的电话却关机了。

这世界上怎么可能会有这么巧的事情，他很讨厌这种被操纵的感觉。

白薇在走廊尽头的洗手间里清理着伤口，冰凉的自来水滑过渗着血丝的手臂有些刺痛。

洗手间的两边就是卧房，左边的房门并没有关紧，她伸手稍稍推开房门，扫视着房间内陈列的一切。

明显这是个女孩的房间，床上铺着淡蓝色的床单，旁边书桌上摆着一些小饰品，尤其吸引她目光的是桌上一个镂空的蛋形工艺品，她伸出手想要拿起来仔细看一下时，门口响起顾默晗的声音。

"你在干什么？"

白薇被他的声音一惊，手滑过桌面，好像碰到了什么，紧接着就是"嘭"一声伴随着"咔嚓"的玻璃碎裂声。

顾默晗快步绕过白薇，蹲在地上捡起碎裂的水晶相框摆件，里面是一张沈乐央抓拍的她和顾默晗的合照，因为没有聚焦，沈乐央的脸有些模糊，但是沈乐央还是打印了出来摆在了书桌上。

"对不起，我不是故意的……"白薇看着顾默晗从玻璃碎片里捡起了照片，照片的表面因为碎裂的玻璃有些划痕。他小心翼翼地拂去照片上的细小碎碴，好像没有听到她的话的样子。

"对不起，我刚刚没有看到这里有……"

白薇说话间瞥了一眼书桌，却在看到桌上的另一个水晶摆件的时候如遭雷劈。

照片上有三个人——程晗韫、沈峻彦和那个女孩。

相似的容貌，三个人的照片，关系不言而喻，真的和她猜测的一样，她就是那个女人的女儿。

"你的手应该已经收拾好了，出去吧。"顾默晗瞥了她一眼，紧锁着浓密的眉说道。

白薇站在楼下，扬起头看着眼前的建筑，他身边的那个女孩居然是程晗韫的女儿。

自从在 C934 上和顾默晗相遇以来，她一直记得这个男人。在那么慌乱的环境下，他的冷静和强大的心理素质居然能让她莫名生出一股忍不住想要向他靠近的欲望，还有一种安全感。

这很奇怪，虽然他对自己很疏离很冷淡，但是在他身边的时候自己就特别安心。

后来她发现这个男人并不是对每一个人都这么冷漠，他也会笑得很好看很温柔，但是不是对自己。

而那个人是程晗韫的女儿。

突如其来的铃声打断了她的思绪，白薇接起电话："哪位？"

电话那头传来一阵笑声，紧接着一个阴沉的声音透过听筒传过来："就不记得我啦？真是伤心啊，难为我还为了你的事东奔西走……"

阴阳怪气的语气中有一种阴森森的不怀好意。

"找我有什么事，直说吧。"

石磊交叠着双腿陷在沙发里，电话里传来有些不耐烦的语气让他笑出了声来："白小姐的脾气还真是大啊，因为妈妈刚去世心情不好？"

"你调查我？"白薇有些恼羞成怒，自己可没有向他透露过一点身份信息。

那边的石磊却像是听到了什么好笑的笑话一样笑起来，带着被取悦的笑意缓缓道："白小姐，上街买东西的人都会留意店家的信誉，咱们牵扯的可是这种见不得光的金钱交易。虽然是你出钱我办事，但是我也少不了要谨慎行事，了解得清楚些也好尽心尽力为你办事，白小姐也更加放心一些，你说是吧？"

声音中透着满满的无赖味道，说到最后，上扬的语气竟有一些隐隐的胁迫味道："再说了，我石磊可从来不是什么慈善家啊，不然的话白小姐会找上我？"

白薇捏着手机的手逐渐用力，深呼吸压抑着心中的愤怒，强迫自己平静下来。

"说吧，找我什么事。"

"你要我查的事已经有结果了，你准备好钱来八角巷兑字街3号找我。"

白薇闻言刚想把电话掐断，那边的石磊继续说道："对了，白小姐恐怕还没有回过家吧，得常回去看看啊，会有意想不到的惊喜。"

"你什么意思？"突如其来的话让她有些不解其意。

"还记得地址吧？北大道合欢路173号，别找错了。"

石磊话一说完也不等白薇有所反应，便把电话挂断，剩下电话里"嘟嘟嘟……"的忙音。

白薇自美国回到嵘城后就想回家看看，但是一想到那是和刚去世的母亲生活过十多年的地方，每一个角落里都能勾起她对母亲的回忆，一想到这些她的内心就开始抗拒起来，所以一直拖到现在都没有回家。

但是听石磊的话……他难道在她家查到了什么？想起石磊最开始那句话，难道和去世的母亲有关？

虽然白薇并不想被石磊牵着鼻子走，但是她更讨厌这种一无所知的感觉。

抓拍的照片没有完全聚焦，所以有些地方模糊得厉害，但是照片上顾默晗的脸却是照片中最清晰的，靠近镜头的沈乐央一向耀眼的狡黠笑容倒模糊得看不清。

　　那天，他好像是在给沈乐央讲解她的考卷，试卷上的分数在他看来惨不忍睹，沈乐央站在他面前笑得有些窘迫，看他似乎要训她的样子连忙借口口渴要喝水跑开。

　　顾默晗坐在沙发上正在仔细地给她写解题步骤，唯恐她一会儿看不懂。

　　沈乐央不知是什么时候回来的，站在客厅中央叫了一声他的名字。

　　他抬起头就看到她举着手机背对着自己，快门就是在那一瞬间按下的。

　　其实当时他的视线是锁定在拿着手机的沈乐央身上的，但是沈乐央却像是看着某个不知名的地方笑得一脸傻兮兮的。

　　顾默晗也被照片中翘起的嘴角影响，她的笑容温暖得他的心都要跟着嘴角一起翘了起来。

　　其实她的感情一直都明明白白地表现在她的一颦一笑中，如此坦荡，毫无隐瞒，反而是自己，一直不肯正视自己的内心。

　　但是他真的可以毫无顾忌地、自私地将她拉进自己的世界吗？

　　他不知道，他只知道他已经越来越控制不住心底那个真实的自己了。

【2】

北大道合欢路 173 号 2 楼 213 室。

白薇轻轻抚摸熟悉的房门名牌，指尖传来冰冷的金属质感，她从包里掏出一直保存着的钥匙，犹疑之下还是选择打开了门。

许久无人居住的屋子里积攒了厚厚的灰尘，随着开门的动作被带起的灰尘瞬间扑面而来，白薇立刻捂住口鼻，但是也被刚才那一下呛得不住咳嗽。

白薇好不容易止住咳嗽，巡视着屋内，家具上都积着厚厚的灰尘，不像是有人来过的样子。

石磊到底是什么意思？

正疑惑间，身后的门突然推开，一个中年妇女探出头来看着这边。

这是在自家对面住了十几年的老邻居了，她叫了一声："张阿姨。"

张阿姨眯着眼听到白薇的声音："你是……白薇？"

张阿姨原本是看对面的白家母女一直没有回来，今天突然传来奇怪的声响，不放心所以出来看看，没想到居然是白薇回来了。白薇微笑着回答着张阿姨的问题，张阿姨以前一直对自己照顾有加，能再次看到她也让白薇终于有些回家的归属感。

"薇薇啊，我还以为你和你妈妈搬家了呢，怎么这么久不回来啊？"

"我和我妈妈去美国了，走得匆忙就没来得及和您说。"

"薇薇有本事啊，去美国了……"张阿姨慈爱地拉着白薇的手轻轻地抚摸着，白薇闻言神色不禁一暗，心中像是刚打开的汽水冒着酸涩的泡泡。

"前几天你的朋友还来打听你的状况呢，问了我好些问题……"张阿姨还在絮絮叨叨地说着，白薇心想她口中的朋友应该就是石磊派来调查自己的人。

"对了，薇薇啊，你妈妈怎么样了啊？警察来你们家敲门我才知道你妈妈出车祸了啊……"张阿姨像是突然想起了什么，疑惑地开口。

"警察？"

"对啊，你和你妈妈走了的那个月里，具体哪天我记不清了，有警察过来敲门说什么你妈妈的那宗车祸凶手抓住了，要找你们去做笔录什么的，后来你们不是一直没回来吗，警察还来了好几次呢！"

听完张阿姨的话白薇感到无比震惊，原来这就是石磊所说的惊喜……

白薇心中带着满满的疑惑站在警局门口，心乱如麻。

"你要查去年二月份的案子？"眼前的警察一脸谨慎地看着她。

白薇郑重地点头，心如擂鼓，手心被汗水浸得湿润。

"我是案件的当事人，听说那起车祸是人为制造的，并且凶手已经落网，所以我现在想来了解一下。"白薇将身份证明都带了过来，递交给对面的警察。

"好的，你稍等一下。"

白薇坐在冰冷的椅子上，觉得天旋地转，突然觉得自己身处的也许不是真实的世界。

"白小姐，那件案件已经结案了，你们的车经过鉴证部门的鉴定是被人为破坏了刹车系统，由于凶手是自首，所以判处了五年的有期徒刑。"

"自首？怎么可能？"白薇有些激动地厉声质问。

"白小姐，你不要激动。"对面的警察蹙着眉头继续说道，"这是案件的备案本，你可以看一下。"

说着他把一个档案本推到她的面前，白薇颤抖着双手拿起那本棕黄色的印着卷宗字样的档案。

她一页页地翻阅，事故现场的照片、车辆损毁报告……

她快速地浏览着，直到看到了那张照片，白薇的双眼通红，捏着卷宗的手指也因为用力泛起一片毫无生机的灰白色。

她的眼里只看见那张她可以铭记一辈子的脸，就是她，在妈妈的病房控诉着、威逼着自己离开嵊城，居然是她！怎么会是她？那么当初说妈妈有罪的话都是骗她的吗？

为什么？

程晗韫。

白薇在心中恶狠狠地念着卷宗上记录的名字，像是要把这三个字牢牢地刻在脑海里，刻进血液里，刻在心上。

当她看到判决书上的结语——判处有期徒刑五年。

只有五年！这个女人只要在监狱里待五年去赎罪！

"为什么只有五年！"她双目欲裂，死死地盯着对面的警察。

警察有些不耐烦，但看着对方是个女人也就压下心底的烦躁："法院判下来只有五年，她有自首情节是可以减刑的，而且在监狱里表现良好也是可以减刑的，这很正常。"

只有五年，还可以减刑，白薇觉得自己的胸腔里在涌动着什么。

那种感觉越来越强烈，简直无法再控制似的马上就要爆发出来。

就像是一簇火苗跳进伏暑天的干草垛堆里带起熊熊大火，炙热燃烧的火焰在空气中翻滚，灼得她浑身都开始抗拒。

她的眼眶有些涩，胸口有些疼，但是却莫名地想笑。

那个害死她妈妈的人，逼自己带着妈妈漂洋过海，去陌生的城市让自己孤苦伶仃地受尽白眼和欺凌，这样的人就应该要判死刑或者老死在监狱里的啊！

不应该是这个样子！

"为什么！她害死了我妈妈凭什么只在监狱待五年！这是什么浑蛋理论！这是什么狗屁判决！"

警察看她这个样子，心中暗道不好，然后就看见白薇咻地站起身来，将桌子上的东西悉数挥落至地上，警局里一时间混乱异常，警察连忙上前手忙脚乱地抓住了她，白薇恍若未觉，嘴里不停地喊着："不公平！凭什么！"

蔚迟接到电话赶来时，明明警局里被日光灯照射得如同白昼，但是不知道为何在看到白薇被牢牢地铐在椅子上的样子，就像是被抽走了所有的光芒。

蔚迟办好保释手续，警察跟在他的身边为白薇解手铐的时候还在抱怨着："再怎么伤心也不能砸警局啊！我做警察十几年来第一次看见你这样的，如果人人都像你这个样子，我们还怎么维持秩序？"

"秩序，嗬！"白薇冷笑着斜睨着他，扫视一眼灯光透亮的警局，心却坠入了深渊。

蔚迟有一瞬间差点不认识眼前这个女孩。

对，蔚迟一直把她当作一个女孩，一个需要像守护宝藏一样去保护的女孩。他永远记得那个雨夜她穿过雨幕浑身湿淋的无助样子，在病房外神经质的脆弱，独身一人在美国的小心翼翼，她善良、坚强、果敢又满身荆棘。也许一开始是可怜她的，但是随着对她莫名而起的怜惜，他渐渐清楚地认识到自己是真的爱上了她，他愿意在她身前为她挡下所有的风雨。

但是此时此刻，那羸弱的背影，像是一个佝偻着背在沙漠中前行的人，要想前进只能丢下身上的行李。

是错觉吗？总觉得无形之中有些什么重要的东西被她狠心丢弃了。

【3】

八角巷兑字街 3 号。

黑暗笼罩下的城市亮起闪烁霓虹，但那不是真正的光。

石磊小时候就穿着破烂的鞋子走遍了整个嵊城，对这个城市阴暗的下水道、污水横流的垃圾堆、潮湿肮脏的桥墩……都了如指掌，因为他是乞丐。

瘦骨嶙峋、肮脏不堪，路上的人都一脸鄙夷地避着他走。

后来遇见一个混得还不错的外号叫作马哥的人，也许是因为心情好，抑或是仅存的善心，总之他收容了石磊，也算是收了一个跑腿的小弟。

石磊跟着马哥走上了这条路。他对一切看起来温馨美好的事物都不感冒，好像从小他就喜欢看别人哭多过笑。长大了以后看到别人一脸痛苦被折磨的样子，他的心中更是有一种无比的快意，他的快乐是建立在别人的痛苦之上的，像是在万丈深渊蛰伏的猛兽，呼吸之间都透着怨毒。

慢慢地，他凭借自己狠辣的手段混出了名堂，渐渐有许多人来找他，他们要什么他就给，但是这种给予所需要付出的代价就像雪球一样越滚越大。每当索债的时候，看到他们脸上犹如见到地狱修罗般的惊恐表情，他的内心便得到前所未有的满足。

白薇环视着这狭小的房屋，陈设破旧、凌乱不堪，墙角是垒得高高的酒瓶。

注意到白薇和她脸上的愤恨，石磊在心中简直快要哈哈大笑起来："怎么样，白小姐，我石磊办事你还满意吗？"

"这是给你的酬金，石先生辛苦了。"白薇将纸袋甩在石磊面前，辛苦一词被她说得有些咬牙切齿的味道。此刻白薇已经顾不得掩饰什么，把怨毒都明明白白地摆在脸上。

做完这些白薇转身就想要离开八角巷，这个地方不知为何让她有种透不过气的感觉。

"就这么走了？嗯？我可是查到她在监狱里表现良好，已经减刑一年半了，再过个两三年可就出狱了，说不定以后还能和白小姐在街上重逢呢！"石磊看她要走，漫不经心地挑衅道。

"闭嘴！"

"这人生在世不如意之事十有八九，有些人你不想再见到，那些人曾经对不起你过，也许你想过如果他们消失就好了，但是你不敢。"石磊不理会她，目露凶光，邪佞地挑起右边嘴角说，"哈，我知道你想要谁死，这个世界上要弄死一个人，其实很容易的。"

"我在监狱里有个朋友，你知道的，监狱里什么样的人都有，一个不小心就会起争执什么的，很危险的！犯人之间起了冲突出了人命也不是什么大事，反正也是牢底坐穿的人，根本不怕的。"他的语气中有一丝不易察觉的诱哄，白薇没有察觉，她已经沉浸在满腔的愤怒里挣脱不出。

"不过，"石磊稍稍停顿，做出一副很苦恼的样子摇了摇头，看着白薇紧睇着他的目光有些涣散，悄悄勾起了嘴角，继续道，"他家人最近生活有点困难，如果，白小姐你愿意付钱，我想他一定愿意为你解决这个问题。其实杀人也不是说的这么容易，毕竟是一条人命，不过为了生活，很多人都会去冒这个险，白小姐尽管考虑一下。"石磊背过身去，似乎在说我给你时间和空间考虑。

凭什么？她还在噩梦中无法挣脱，凭什么她妈妈死了程晗韫只要坐几年牢又可以大摇大摆地出来继续生活？凭什么她沈乐央在这件事发生后还可以这么幸福，白薇想起顾默晗看着沈乐央眼含温柔的样子，只觉刺眼。

程晗韫！都是她害的！都是她都是她都是她！

如果没有她自己怎么会变成这个样子，如果没有她自己根本不用吃那么多的苦，没有她自己还可以好好地去爱、去珍惜、去相信别人！

"我想要她们死，我给你钱，你帮我杀了她们！"此时的白薇已经被巨大的仇恨包裹严实，几乎忘记了这些年学到的冷静和优雅。

石磊低着的头在听到这句话的时候略抬起些，阴影下他的表情狰狞，笑容狠厉。

白薇脚步虚浮地走出八角巷，她站在泱泱的人群中抬起头，耳畔是鼎沸的人声，看着四周五彩的霓虹，她刚才所经历的一切就像是梦境一样，让她一时有些分不清这些到底是不是真实的。

似乎是上天注定他们两家要一直纠缠在一起，程晗韫和白诗蕊之间本身就是一本烂账，白薇的远走他乡也确实是无端受到的牵连，就像沈乐央因为程晗韫的自首而独自一人是一样的。

现在，她俩的女儿又与同一个男人纠缠上，白薇不否认她对顾默晗有好感，单单就冲着沈乐央喜欢顾默晗这一点，她就更不可能放手。

白薇仰头狠狠一笑，上帝真是给自己开了个天大的玩笑。

阳光都照不到的八角巷，夜幕中的灯光也是零星的，一片沉静。

各种各样的罪恶在那些闪烁灯光的掩藏之下悄悄地滋生，像是从地底爬出来的恶鬼披上了甜美的外衣。

"丁零零……"

"老大，找到叶勇了！"石磊手中拿着电话，听着电话对面哆哆嗦嗦的求饶声还有小弟的咒骂声，想到白薇要他找的人的女儿居然也和叶家有关系时，心中愈加畅快，不由得感叹这世上有些事情真是上天注定。

"告诉他我在他家等着他。"

叶勇被人抓着头凑近那部手机就听到这么一句，电话那边冰冷的气息透过听筒传递到他的耳朵里，他的身体不自觉地打着战，挣扎得更加用力，嘴里喃喃："不不，我不去。我不去！他会杀了我的，他会杀了我的！我不想死！求求你们，求求……"

话未说完，后脑传来一阵钝痛，叶勇像一条垂死的狗一样趴伏在地上剧烈地喘息，喷出来的热气将地面的灰尘吹得四处飞溅，混合着血沫渐渐模糊了他的双眼。一只手把电话伸到他面前，电话那头说："欠了的就要还，你不还，我来取！"

"拖上车，回嵊城。"身边的人啐了口唾沫。

叶勇感觉到有人抓住他的身子把他抬了起来，他觉得眼前的事物越来越模糊，意识也开始涣散，但是电话中最后那句话就像是从地狱里传来的丧钟，在他的脑海中徘徊不散。

此刻的石磊觉得心情格外舒畅，他从烟盒里敲出一根烟，点上，并不急着吸，透过青白色的烟雾看眼前这个朦胧的世界。

许多人都是戴着假面在生活，西装革履的、衣冠楚楚的，也不乏一些身份高贵、地位尊贵的人来找他，他们有求于他但是眼中的鄙夷却透露着一个讯息——"我是个好人，要维持我的善良面貌，这些罪恶的事情让肮脏的人去做。"

他看着他们在自己面前脱下虚伪的皮囊，露出最内里的恶毒复又穿上，继续回到人群中。

每每看见这种人，他就越发想要把他们拉得和自己近一点，你不是觉得恶心吗？你不是觉得我肮脏得难以忍受吗？我偏偏要让你和我一样，看看到时候你会不会恶心这样的自己呢？

想着想着石磊咧开嘴突然就笑了起来，随手将正燃得欢的烟蒂碾灭在鞋底。

一起下地狱吧。

与恐惧、疯狂和你们所厌恶的一切肮脏一起生活吧。

灯，是夜晚的眼睛，只有失去过的人才能够懂得。

江晴现在住的是她爷爷奶奶以前所住的在嵊城的老房子，木窗棂泛着陈年的苍老。她住进来的第一天就固执地把卧房的白炽灯换成了暖黄色的灯泡，因为蔚延曾说过，这种圆形的老灯泡发出的光最接近阳光的颜色。

"你打算什么时候回去啊？"江晴回头问沈乐央。

自从那天在鹿鸣和顾默晗碰面后，沈乐央就跟着她们回了家。

叶思颖明天还要去鹿鸣打工，所以早早地就在隔壁睡下了，江晴和沈乐央头顶着头窝在被子里。

"我也不知道。"她不希望顾默晗躲着自己，但是也不想看到他为难的样子，这大概就是江晴曾经说过的心甘情愿吧。

沈乐央看着天空中高高悬挂的月亮，想起鹿萝说的顾默晗不近人情。

其实沈乐央觉得不是这样的，在她看来顾默晗很温柔，但是他的温柔有些像满月散发出来的清冷月光一样，虽然也可以很炫目，但是相较白天炽热的太阳，它的光芒实在是太冷清，克制而内敛。

这样也好，顾默晗那么优秀的一个人，如果太过耀眼夺目，怕是会让许多人心生嫉恨吧，而自己也更加没有机会站在他的身边。

沈乐央失落地垂下眼，窗外不远的拐角处停着一辆黑色的车里面闪着一点暗暗的猩红色吸引了她的视线。

夜色如墨般深沉，车窗关得紧紧的，虽然车里没有亮起灯，但是如果自己没有看错的话，刚刚那抹红色，应该是点燃的香烟燃烧的火光。

"江晴？"沈乐央一眨不眨地注视着窗外，用手肘推了推身边的江晴。

"怎么了？"

"那个地方是停车位吗？"那辆车，好像从她们回来的时候就一直停在那里。

江晴顺着她手指的方位看过去："应该不是吧，那附近一直都没有路灯，车不好停，但是最近不是快过年了吗，车没地方停选择停在那儿也是正常的吧。"

沈乐央强忍下心中疑惑，暗暗希望刚才是自己眼花看错了："那我去洗漱了。"

在沈乐央去卫生间后江晴突然想起，最近这段时间，那边就开始有车停在那儿，她想着应该是车主找不到地方停车了也没有留意，现在才发觉不对。

"好像自从元旦后，那辆车就……"江晴低声说着突然噤声，脸上的表情也跟着一变。

元旦之后？她怎么会才留意到这个！

难道是他？

江晴急忙跳下床将灯关上，冲到窗子边观察那辆车。

狭小的车厢内，空气仿佛都是凝滞着的，只有空气中残留着淡淡的烟草香。

"先生，她们好像睡下了。"对面那抹暖黄骤然熄灭，小张双手紧握着方向盘，向后视镜中望了一眼，后座上的男人紧抿着嘴角，恍若未觉。

良久，当小张以为今晚估计又要在这儿过夜的时候，后座上的人却突然开口："走吧。"

小张闻言立马发动引擎准备离开，其实也不是没在这儿睡过，自从元旦后回到嵘城，先生就一直跟着这个女孩。晚上她回家，先生就让他把车停这儿，好几次先生都在这儿盯着那边那个窗口一看看整晚，也不说话。

"明天换辆车，下次不要把车停在这儿。"低沉喑哑的嗓音再次响起。

"好的，先生。"

空荡荡的廊道，只剩下林立的树木和低矮的灌木在夜风偶尔的拂动下发出沙沙的闷响，那辆车已经开走许久，江晴却还是站在窗边呆呆看着刚才它停过的地方。

她的心中有一股无力感，还有一些茫然，那些压抑的感情在一刹那汹涌倾泻，交织碰撞之下却让她涌起一股愤怒。

为什么，明明我才是被遗弃的那一个，明明我才是多余的那一个，我都愿意成全你们了，现在来找我是想做什么？还没玩够吗？

江晴靠窗掩面，泪水顺着指尖的缝隙渗落下来。

不是愤怒，也不是有多委屈，她只是发现即使知道了自己不是他的唯一，知道他对自己的欺骗，只要他还愿意在心里给自己开辟一小片疆土，她就会心甘情愿地在那片土地努力地生根发芽。

江晴悲哀地发现她一直以为已经从心中抹去的人，有关他的一切却像是树木盘根错节的根系深深地扎进了她的心脏，每次想要拔除都像是被好几只长着尖锐指甲的干瘦手掌紧紧攥住。

是内心深处一直不愿意忘记他，才让自己对他的感情像树木的根向地底生长一样，渗入到身体的每一个细胞。

鹿鸣。

水龙头里的水冒着白色的泡泡往外涌，打在叶思颖的手上，她机械地反复搓洗着白色的瓷碟，十几分钟过去了还恍若未觉。

前几天晚上，她像往常一样收拾妥当，关门回江晴家的路上，接到了一通电话，是将近半个多月没有音信的叶勇。

自从跨年那天晚上叶勇突然让她去朋友家暂住的第二天，他就失踪了，只是给她打了一通电话，叮嘱她一定不要待在家里。她也知道大概是爸爸欠了钱出去躲债了，只是后来叶勇就像人间蒸发了一样，电话也打不通，她偷偷地回过八角巷，家中各个角落已经蒙上了一层薄薄的灰。

那天听到电话那头传来一些无比诡异的声响，像是肢体沉闷的碰撞，还有极力忍住的呻吟。

"爸爸？"叶思颖有些慌神。

"老小子，这个时候了骨头倒是硬，把他的嘴给我扳开。"电话中传来一个陌生的男声，讥讽而冰冷。

叶勇佝偻着背抱着肚子在地上疼得弓起了身体，牙关死死地咬着，嘴角渗出一道血迹，一个大汉抱着他的头，右手紧紧地掐住他的脸颊。

"躲了我这么些日子，你也很久没有见过女儿了吧？来，跟她打个招呼吧。"石磊蹲在叶勇面前，狞笑着的脸上满是残忍，将手机凑近已经无力挣扎的叶勇。

叶勇的脸涨得通红，眼眶中布满血丝，将整个眼睛染红，他恨恨地瞪视着石磊，手机屏幕上闪烁着惨白的光——女儿。

石磊抬眼看了看一旁站着的小弟，小弟连忙心领神会地冲上来对着叶勇的肚子就是一拳。猝不及防的剧痛让叶勇闷哼出声，青紫的脸上五官痛苦地挤成一团。

"你们别打他，别打他！别打他了！你们要什么你们说……"叶思颖带着哭腔的声音不住地吼着。

叶勇的喉咙像是被淤泥堵塞，眼睛不知是因为疼痛还是别的什么濡湿了起来。

石磊轻巧地挥了挥手，那几个喽啰立马将叶勇丢开。叶勇趴伏在地上，胸口止不住地起伏喘息。

　　石磊残忍地笑笑，轻飘飘地开口："小姑娘，不是我为难你爸爸，是你爸爸欠了我的钱躲起来还得辛苦我去抓他，你说该不该打？"

　　"他……欠了多少钱？"叶思颖哽着喉头颤颤巍巍地问道，她就知道总会有这么一天。

　　石磊勾了勾嘴角："五万。"

　　叶思颖如遭雷劈，五万！她从哪里可以弄五万？

　　"三天，不要妄想报警，如果你想让警察找到你爸爸的尸体的话。"

　　……

【1】

五万这个数字这几天一直徘徊在叶思颖的脑海中，就像是傍晚树林间盘旋着呀呀叫的乌鸦，一直在不停地提醒着她。路过银行运钞车的时候，她都恨不得直接冲进去抢了就跑。

该怎么办？难道看着爸爸被别人打死？

她麻木地重复着手中清洗的动作，对外界的一切浑然不觉。五万，今天已经是第三天了，她根本就不知道去哪里筹那么多的钱。

"思颖，昨天刚到的那批花茶放在哪儿了？"鹿萝从隔间探出身问。

叶思颖木着脸眼神呆滞地冲刷着手里洗了至少有十分钟的盘子。

"思颖？"鹿萝看她眼神无聚焦拧着眉头的样子，不放心地走过去轻轻碰了碰她的肩膀。

没想到叶思颖浑身一颤，手中的盘子直直落在地上，"啪"的一声应声而碎。

"对不起，对不起，我不是故意……"叶思颖回过神来，看着满地碎片顿时惊慌失措地鞠躬道歉，弯下腰就要去捡。

鹿萝连忙拉住她，看着她慌乱涨红的脸，担心地问道："你怎么了？是不是病了？魂不守舍的。"

叶思颖看着她关切的表情，张了张嘴，有些话在嘴里辗转着，鹿鹿姐这么好的人，如果告诉她，她应该会帮忙吧，但是……

这时，店门口的风铃清脆的响声提示有客到，鹿萝抬起头就看到付乔。

"你们这是怎么了？"付乔疑惑地看着两人神色诡异地站在那儿，尤其是叶思颖一脸见了鬼的样子。

"是你啊，你先坐一下。"招呼完付乔，鹿萝一脸关切地看着叶思颖继续问道，"怎么了？是不是有话跟我说？"

叶思颖瞥了眼坐在窗边望着这边的付乔，她记得乐央她们说过这个人是个警察，她莫名有些心虚，慌乱地摇着头："没……没事，我没事，可能是昨天晚上没睡好……"

鹿萝看她这样也不再多问："那我给乐央她们打电话让她们来接你回去，好好休息一下。"

沈乐央和江晴接到鹿萝的电话赶到鹿鸣时，就看到柜台前惴惴不安的叶思颖，整个人魂不守舍的样子，像只受惊的小动物。

"你这是怎么了？"江晴摸着她的额头，发现她不正常的体温。

"她今天一天都是这样，生病了也不知道请假，还巴巴地跑过来，打电话给你们她还不让，怕麻烦你们……"鹿萝带着几分嗔怪地看着叶思颖，这个小姑娘自从来自己店里这段时间一直很乖巧，手脚也很利落，自己看着觉得也喜欢，就是太过懂事让人心疼。

"快带她回去吧，好好休息，明天也给她放个假。"

"谢谢鹿鹿姐。"

她们带着叶思颖正准备离开，一边的付乔突然开口叫住了沈乐央。

"我想和你谈谈。"付乔的视线自沈乐央到来就一直落在她身上。

江晴有些戒备地看着她，沈乐央回头看看付乔用笑容表达着善意的脸，劝慰江晴道："你们先回去吧。"随即捏了捏江晴的手，摇了摇头示意没关系。

她们走了以后，鹿萝也借口要看店，体贴地将空间留给了她们。

"不好奇我要说什么？"付乔看着眼前一本正经看着她的女孩，突然就起了逗弄的心思。

　　"你想要说的话，不用我问，你自然会说。"沈乐央笑了笑，有些不明白她为什么要这么问。

　　"我哥说，你很有意思，是个很可爱的女孩子，让我不要因为喜欢顾默晗就仇视你……"说着付乔顿了一下，"其实谈不上仇视，我只是有些嫉妒你。"

　　沈乐央此刻真的有些不解，并不明白她口中的嫉妒从何而来。

　　"我和顾默晗认识了有六七年了吧，我喜欢上他的时候甚至付谨都不认识他……"付乔说着，头也没抬。

　　沈乐央看着她明显是陷入回忆中的样子，认真地听着。毕竟她回忆中的顾默晗是自己从来没有接触过的，在那一段彼此空缺的时光里，她也迫切地想要知道他过着什么样的生活，哪怕是从别人的记忆中窥探。

　　嵘曦机场。

　　"这么大的黑眼圈？顾默晗你是不要命了吧？就算你之前迫降成功也不证明你技术好到不需要休息！眼看是个功勋飞行员了，古梁栋也没法故意压你一头，你自己倒好，放纵了是吧？"付谨在休息室逮着顾默晗，指着一脸憔悴的他就骂。

顾默晗只淡淡瞥他一眼并不说话，等会儿还有航班，他并不打算把话题拉开。

"顾默晗，你说你明明担心人家担心得要死，干吗还要做出这副满不在乎的样子……"

"我四十分钟之后有航班，你这教育课可以等我回来再上吗？"顾默晗看他喋喋不休的样子，有些好笑地开口打断他，"我可不想因为这个误机受到投诉。"

他关上储物柜，朝付谨露出一个宽慰的笑："放心，我有分寸。"

看着他干巴巴丢下这句话头也不回就走，付谨在他身后咆哮："你有个鬼的分寸！行！你就单着吧，别去祸害人家小姑娘了，人家小姑娘指不定多少人喜欢！"

顾默晗听着身后越来越远的声音，心中却是一片清明，乐央的未来还是一片坦途，她还这么小，还没有完全懂事，还有很多选择，自己就这样护她一路稳健迎接属于她的未来就好了。自己的感情不算什么，她对自己也只是一时好奇的新鲜感吧，趁此机会让她想清楚，然后就这样吧，顾默晗自欺欺人地想着。

"……他很会为人着想，把什么都分得很清楚，太过理智，也太过防备了。"付乔摇头感叹，自己就是这样早早地被他安置在了妹妹的位置上，这么多年一点机会都没有。

沈乐央也明白，她这个意外也许对于顾默晗的人生来说太过唐突，也打破了他的许多原则。但是感情往往就是不受控制的，她也曾抗拒过他、故意与他作对、顽劣得自己想起来都要脸红几分，也曾像抓紧救命稻草一样想要紧紧地抓牢他，让她明确地说出是什么时候喜欢上顾默晗的，她说不出来。

　　沈乐央只知道等到自己发现时，他已经在自己心底扎了根。她并没有改变什么，顾默晗也可以不用改变什么，凭什么就不能和她在一起？

　　"我还是第一次听他这么坦白地说喜欢一个人，我不是输给了你，我是输给了他。"

　　沈乐央正胡思乱想间，听到这句话，心中开始蠢蠢欲动起来。付乔的意思是，顾默晗对她说了喜欢自己？

　　离开鹿鸣的时候，沈乐央觉得浑身都如坠云雾，她抬起头看到的是沉沉的天空，白色的月亮挂在还有些光亮的灰蓝色夜空中，略显暗淡阴森。

　　她突然想听听顾默晗的声音，但是电话还没拨过去，就有江晴的号码拨过来，才接通就传出江晴撕心裂肺的哭喊："乐央，乐央！思颖被他们带走了，我不知道该怎么办！怎么办，我好怕……"

　　沈乐央心中警铃大作，语气都凝重起来："阿晴，你冷静一下，你好好说到底是怎么回事？"

"我们刚刚回家，路上好像有人跟着我们，我……我……我以为是蔚延，我就想说让他们别再跟着我们了。但是他们抓着我们就上车了，我也不知道这里是哪里，一间很黑很黑的屋子里，我怕，乐央我好怕！叶思颖刚才被人拉出去了，我……我……怎么办……"

江晴语无伦次的声音颤抖着传过来，沈乐央顿时犹如被一桶冰水从头浇灌而下，她明白此时江晴和叶思颖恐怕是被人绑架了。她必须要冷静下来，想办法，她强迫自己冷静下来，沉声问："你那边有没有窗户？"

叶思颖努力摆脱剧烈的眩晕感，极力睁大眼睛看着眼前拿着自己的手机在把玩着的男人，他脸上那条狰狞的刀疤让她有似曾相识的感觉。

下一秒，她立刻反应过来，这里，是她家！

安静的空间里呼吸都开始急促起来，空气像是被什么黏稠的物质紧紧地包裹着，还有一丝铁锈味。

角落里突然响起一丝呻吟声，好像有什么匍匐在阴暗的墙角里，像是感应到了什么，叶思颖突然间忘却了眼前这个让她惧怕的鬼魅般的男人，箭一般地冲过去。

破布一般瘫倒在角落里的居然是叶勇！

"爸爸！"

叶勇的脸上干涸的血污混着地上的灰烬，他一身狼狈地趴在地上，喘息间似是无知觉。

"爸爸，你睁开眼睛看看我，我是思颖啊，爸爸不要睡，看看我！"叶思颖伸手想要将叶勇扶起来，但是刚碰到他的肩膀他就开始无意识地皱眉呻吟起来。

"思颖思颖，快跑……"叶勇的喉咙里挤出来的破碎声音像是用久了的风箱，发出"呼哧、呼哧"沙哑而干裂的响声。

"求求你放了我爸爸！他快死了，你们放了他吧！"叶思颖转过身将叶勇护在身后，眼中噙满泪水，口中不断乞求。

石磊像是被眼前这惨烈的父女情深打动了，说出来的话都带着一丝怜惜的味道："我可以放了他，他欠我的钱我也可以一笔勾销，从今往后也不再去找他的麻烦……"

虽然他脸上挂着感动的神情，但是叶思颖却因为他越靠越近的身体颤抖着不断往后瑟缩。

石磊看着她惊惧地缩着身子战栗的样子，故意停下拖得长长的语调，就那么赤裸又贪婪地盯着她。

"只要……"石磊眼中闪着光，睨视着叶思颖，勾起弧度的唇一开一合。

"想想你爸爸，再这样下去他可就活不了了……"

"他欠我的我可以一笔勾销，以后他就不需要东躲西藏了。"

"只要你把你的手机打开，然后交给我。"

……

叶思颖像一具死尸一般躺在地上一动不动，她忽然觉得自己就是恶魔。

那个深夜的浓黑色气息顺着潮湿的空气附着在她裸露的皮肤上，渗透进毛孔然后渐渐向内里侵袭骨髓，那种恐惧和无路可走的绝望在之后的每一个寂静的夜晚都呼啸反复。

"先生！不好了！江小姐失踪了！"小张坐在车里急得惊慌失措，立刻拨打电话。

"什么？！"蔚迟看着眼前原本还是云淡风轻微笑着的蔚延猛地站起身，茶杯中澄黄的液体洒在根雕茶几的桌面上。

【2】

蔚迟和蔚延是兄弟，同父异母的兄弟。

蔚迟的妈妈是蔚楚在去美国打拼之前青梅竹马的未婚妻，一个很懂事的女人，忧心蔚楚在外打拼的辛苦，除非是什么大事否则不会轻易打扰他。

蔚楚很快就在美国华侨的赏识下站稳了脚跟，也和华侨的女儿安吉娜也就是蔚延的妈妈一见钟情。

　　然后，一通越洋电话就这么结束了两人的关系，但是蔚楚并不知道电话那头的女人肚子里怀着他的骨肉，女人欣喜地想要告诉他"你就要当爸爸了"的话也被堵在了喉咙口。

　　其实蔚迟妈妈完全可以大闹一番，但是她不忍心，那是她深爱的男人。她知道自己没钱没势根本没有办法对他的事业有一点点帮助，也不忍心看他好不容易打拼的事业毁于一旦，甚至她清楚地知道即便他知道他们有了孩子也未必会改变选择，所以她死死忍着什么也不说，平静地同意了分手。

　　然后一个人生下孩子，一边打工一边照顾孩子，一天打好几份工，半夜都不能睡。随着蔚迟一天天长大，她以为好日子就要来了，却不想病魔也找上她。弥留之际，她辗转找到了蔚楚的昔年好友，拜托他一定要将蔚迟送去美国他爸爸身边，随即撒手人寰。

　　回到蔚家的蔚迟并没有因此好过，安吉娜的刁难、蔚楚的漠视都让他过得无比落魄，直到蔚延出生。小蔚延跟这个同父异母的哥哥格外亲，做什么都喜欢和他腻在一块儿，托蔚延的福，蔚迟寄人篱下的日子总算是好过了些。

　　虽然蔚迟本意并不愿与弟弟争什么，但是蔚延却抢先与家业继承权撇清了关系，就连大学也是选的国内一流的美院，他说这是他终其一生都会追求的爱好。

都是自己儿子，蔚楚倒是没太反对，想着哥俩关系好，谁继承家业都不会亏待另一方，但安吉娜一直耿耿于怀。后来不知道发生了什么，她以死相逼把原本还在学校实习的蔚延叫回美国，蔚延每天把自己关在画室里疯狂地画画，蔚迟隐约从他那里得知他喜欢上了一个女孩，而那个女孩还只是个初中生。

　　他这个弟弟啊，活得就像一把燃烧的火把，灼热旺盛，不懂妥协和屈服。

　　直到去年最后一天的深夜里，蔚延将他扯进画室，洁白的脸庞上是大颗大颗滚滚而下的眼泪，那样的他就像个易碎的瓷娃娃，他哭着说："哥，你带我去中国，带我去她那儿，她就在那儿！我觉得我在这里要被闷死了。她是我漂泊许久才找到的土地，没有她我没办法活下去，我就看看她过得好不好，我不会给家里蒙羞的，哥哥，让我看看她，就一眼！我快要想不起她的脸了，怎么办……求求你了，哥！你帮帮我！"

　　那一声声的呼唤飘荡在空旷的房间，蔚迟看着那满墙的画作，或坐或躺或转身都是同一个人，也可能不是同一个人，因为她们都空着一张脸。

　　那天晚上，蔚迟偷偷带着已经有些痴傻的、抱着画框喃喃自语的蔚延，搭上飞机回到了这片他心心念念的土地。

"怎么了？"蔚迟见蔚延如惊弓之鸟的样子，心里一紧。

　　"哥，她不见了，江晴又不见了！"蔚延就这么傻愣愣地举着手机，眼神涣散地看着他。

　　"先生？先生……"电话中传来小张迫切的呼唤，蔚迟将手机一把夺过来："小张，你仔细告诉我究竟是怎么回事。"

　　蔚延看着蔚迟时不时点头说着什么，他却只能在一旁心急如焚。

　　"好，你跟紧那个女孩，一定不能跟丢了，时刻给我报告你的位置，我现在赶过来。"

　　蔚迟挂断电话后，略一思索又拿起手机拨通了白薇的号码："今天晚上的会议给我取消一下，我这里……"

　　蔚迟正说着话，身后的蔚延如梦初醒突然大喊一声："石磊，石磊！之前是他跟踪阿晴她们，一定是他绑架了阿晴……"

　　"我不跟你说了，等我电话。"蔚迟语速极快地对着电话那头交代后，挂了电话。

　　电话另一端的白薇心头忽然一阵惊惶，刚才她如果没有听错的话，是石磊？

　　蔚迟不是去见他弟弟了吗？怎么会和石磊扯上关系？她的心中顿生不好的预感。

黑暗在空气中流淌着，江晴感觉浑身都变得冰冷，汗毛倒竖着握住手机听着外面的响动。

"乐央，乐央，他们来了……"江晴仓皇地按灭手机，揣进衣服的内兜，惴惴不安地闭上眼睛缩在角落里。

斑驳生锈的铁门发出难听的吱呀声，江晴屏住呼吸偷偷窥视，一高一矮两个身影背着光出现在门口。

"进去！"伴随着一声暴喝，一个人被推到了地上，扑起一地散发着霉味的灰尘。

沈乐央屏息听着那边的动静，不敢发出一丁点声响。

许久后，黑暗深处传来了一声模糊的呼唤："江晴？"

江晴顺着声音手忙脚乱地扑过去："你还好吧？这是哪儿啊？思颖，怎么回事？他们抓你出去干吗？"

"这是我家，对不起……"叶思颖声音嘶哑，"是我爸爸，我爸爸欠了钱，我没想到会连累你……"

沈乐央在电话那头听着，这些电视剧中的老套桥段现在她的朋友们正在切身经历着，时刻都会有危险。

"思颖，你家位置在哪儿？"沈乐央的声音从江晴的腰部传来。

江晴忙不迭地掏出手机递给叶思颖。

"八角巷兑字街 3 号。"

"好，我先去报警，你们把手机藏好……"

挂断电话后，沈乐央手脚冰凉地准备报警，顾默晗的电话却突然打了过来。

"顾默晗，我……"

"小乐央啊，顾默晗正在出航班呢，大概还要半个小时才回来。"

"付谨叔叔，你快给付乔姐姐打电话，江晴和叶思颖被绑架了！在八角巷兑字街 3 号。"

"乐央，你在哪儿？你在原地等着不要动，我通知付乔马上过去！"

"好，你赶紧和付乔姐姐说，让她快点过来！"像是终于得到支援，一直强装镇定的沈乐央的声音终于开始颤抖。

付谨想起上回沈乐央不管不顾就往有爆炸危险的飞机上冲的场景，不禁有些头大。沈乐央怎么可能会这么听话！无奈之下他赶紧拨通付乔的电话。

沈乐央挂断电话，在路边拦了辆车，丢下一句"八角巷兑字街"就不再说话。

一直跟在她身后的小张看她离开，急忙拨通蔚延的电话："先生，那个女孩好像接到了江小姐的电话，我到了就立刻汇报地址。"

【3】

时近傍晚，天色渐暗，八角巷的轮廓朦胧，隐约看过去就像是一张猎捕食肉恶兽的捕猎网。

阴暗的巷子深处不时传来几声铁门碰撞声，混杂着模糊的交谈声，偶尔会有几声莫名的尖叫，还有响彻天际的嘎嘎怪笑声。

常瑜拎着黑色的背包，紧张地站在兑字街口。

半个小时前，常瑜接到一通十分意外的电话。

"几个女孩在我这儿，半个小时，凑齐十万块，地点我会再通知你，如果报警你知道后果。"

这个奇怪的电话是用叶思颖的手机打来的，常瑜立刻下意识地给江晴打电话，没想到是关机，打沈乐央的也是通话中，直觉告诉他那个诡异的电话所说的不是开玩笑。

但是，他所有的钱凑在一起也只够五万，他犹如困兽一般双手抱着头在房间里来回踱步，尖锐的手机铃声再次响起，屏幕上闪烁着一个地址。

"八角巷兑3。"

常瑜的神经自接到那个电话就一直紧绷着，他猛攥拳狠狠地砸在面前的书桌上。

"咚咚咚……"一阵不合时宜的敲门声响起，常瑜声音中带着难以掩饰的焦躁和愤怒，他吼道："滚。"

常瑜虽然看起来不好接近，但是对家中的管家和下人平时还是没有什么架子的。

常季霖今天并没有去公司，听到儿子房间里的奇怪声音有些担心，过来敲门，敲门的手还举在半空中，听到这么一声"滚"尚有些反应不过来，他打开门就看见自家儿子撑在桌前像一头发狂的困兽。

"怎么回事？"常季霖皱着眉头劈头问道，语气中的质问却掩盖了关心。

常瑜下意识地想要用锋利的话语阻隔他对自己的关心，像过去做过的许多次那样，让他难过，让他忏悔。

但是这一次，常瑜并没有，他只是静静地立在那儿喘着粗气。他杂乱的思绪在脑海里乱成了一张纠缠难解的网，每一根露出来的线头都像是出口，但是当你试探性地拉扯它就会发现，那只会把整张网越拉越紧，最后仍然是个死结。

"你还好吧？"常季霖在商场上雷厉风行惯了，担心和关怀这样的句子从他口中吐出有种说不出的蹩脚感。

常瑜将头撇向另一边，语速极快地道："我没事，我想一个人静一静。"

常季霖也是骄傲而固执的，他自问做不出一副体贴入微的样子，闻言心中再有什么疑惑也被他生生咽回肚子里。

关上门后，空荡的走廊有些昏暗，常季霖正打算回房，开门声蓦地在他身后响起，紧跟着是常瑜的声音："上回你说去澳洲的事，我会听从你的安排跟你一起去。"

常季霖扭头，看着攥着拳站在自己面前的儿子，有一瞬间的恍神，许多年前他还没有这么高的时候，好像也是这样站在自己面前请求让他去看看病床上的母亲的……

常瑜看似冷淡但是骨子里那股孤傲和倔强一丝不差地随了他的妈妈，爱的时候有多用力，恨的时候就有多彻底。

他知道，他的儿子一直在恨自己。

"……你的条件是什么，说吧。"

"我需要十万。"

天已经暗沉，偶尔有黑色的影子扑棱着翅膀在上空中不停地盘旋，"呱呱"的嘶哑叫声令人毛骨悚然，让沈乐央心中有一种又凄凉又厌烦的感觉。

八角巷的格局就像一张"米"字的蛛网，兑字街是蛛网右上方中间的那条。沈乐央是第一次来到这种地方，她站在街口，两边是灰扑扑的水泥墙，上面泛着可疑的墨绿色。

沈乐央觉得有凉凉的汗水黏附在脊背上，让她的汗毛倒竖起来。

终于抬起脚向前迈去，不知道是不是错觉，拂过她耳畔的风声莫名地有些像女人的哀鸣。

　　被黑暗笼罩的房间里只剩下墙上的挂钟"嘀嗒嘀嗒"的声音。

　　石磊拿起振动的手机，是白薇的来电，他语气轻快地接起："白小姐，我还没有找你，你倒是先找我了。"

　　"你干了什么？你疯了吗？"

　　"白小姐，你别搞错了，是你说想让她们死的，我是在为你办事而已。"

　　"你……姑且不论我说没说过，石磊，警察估计就快到了，你自己好自为之吧。"白薇不怒反笑，说完立刻挂了电话。

　　这么快就通知警察了？低下头略一思索，石磊招来一旁的小弟："拿上东西，带她们去中央楼。"

　　"那……叶勇呢？"小弟瑟缩着拿不定主意。

　　"我说过要放过他，我答应了他女儿的，做我们这行也要有诚信，不是吗？"石磊笑眯眯地拍拍他的脸，走到墙角，嫌恶地踢了踢瘫软在地似一块烂抹布的人，"留他在这里等死吧，走。"

　　江晴抱着叶思颖颤抖着瑟缩在角落中，已经适应了黑暗的两人看到对方脸上明明白白地写着恐惧，房间门关着，但是外面的响动仍然透过老旧斑驳的门板传了过来。

是乐央找来的警察来救她们了吗？

为什么还没有人冲进来告诉她们安全了？

下一秒，门被粗鲁地撞开，涌动的灰尘铺天盖地地冲进房内，两个面容凶恶的人走了过来。

不是乐央！

不是警察！

为什么还没有人来救她们？！

门被打开的那一瞬，叶思颖却听到门外隐约传来常瑜的声音，她浑身一滞。

可是来不及等她确认，开门的两个人就已经走到她们面前粗鲁地将她们拉起来，叶思颖不敢让他们知道常瑜的存在，咬着牙闷声不吭的，像个破布娃娃一般任人摆弄。

"啊，走开！不要碰我们！你们走开啊！"江晴有种不祥的慌乱，开始奋力挣扎起来。

"闭嘴！走！"石磊的小弟有些恼火地吼道，眼睛中迸发的凶光慑得江晴的心都开始颤抖。

常瑜在脏水横流的路面上疾步快行着，时不时看一眼两边的门牌，二十七号，快了。他的心跳有些失速，即使他平日伪装得多么淡定，毕竟还只是个十八岁的少年。

身后的巷子里突然响起一阵尖锐的手机铃音，几秒后又被掐断，但这足够他回忆起曾在沈乐央的手机上听过这段短短的音频。

常瑜循着声源走去，试探地轻声唤道："乐央？"

沈乐央躲在巷子里的破旧木柜后，手中死死抓着手机，懊恼着为什么没有关掉手机铃声，想着刚才在巷子前方听到的那阵古怪的响声，一直紧绷的身子开始颤抖起来。

脚步声越来越近，沈乐央手心开始沁着汗颤抖起来。

"乐央？"

熟悉的声音，是常瑜！沈乐央浑身顿时松懈下来，瘫软地坐在地上。

"你没事就好！"常瑜的声音中有难掩的焦急和欣喜，连忙将沈乐央从地上拉起来。

"吱呀——"铁门被人推动的哑响从身后传来，常瑜神色一滞，快速地将沈乐央推进一旁的楼道。

杂乱的脚步声远去，他们小心翼翼地靠近那扇门，房间里阴森凌乱，但是却没有人，角落中传来阵阵呻吟，一张血肉模糊的脸映入眼帘，常瑜终于忍不住扶着墙，胃里一阵痉挛。

嵘曦机场。

付谨坐立不安地拿着手机，在心中祈祷着千万不要出什么事。

接到沈乐央的电话后他立马通知了付乔，到现在已经将近半个小时了，也不知道怎么样了，以沈乐央的性子一定不会安安分分地等结果。刚才他打电话过去那边也很快就掐掉了，他知道那家伙一定去了现场。

"千万不要出事啊！"付谨不住地念着，手机振动起来，他立马接起，"乐央！"

"警察来了没有？"

听着那边刻意压低的声音，付谨头都大了："已经在路上了，沈乐央你给我躲好，抓贼这种事你一个小姑娘犯不上赶着去，你要是……"

"我挂了。"沈乐央听他好像又要提顾默晗的语气，连忙掐断电话，然后惴惴不安地靠着墙。

"她们不在这儿。"身后常瑜突然出来把沈乐央吓得一惊。

"不可能！"沈乐央不信，转身就要冲进屋内，常瑜想起屋内那个人，连忙拉住她。

"别进去！"常瑜抓着她的胳膊，摇了摇头，沈乐央刚想问为什么，常瑜的手机响了起来，两个人都有些不安。

"来中央楼。"是石磊的声音。

"沈乐央！你注意安全，顾默晗马上就回来了！"付谨冲着电话里吼，却发现电话已经被挂断。

"乐央怎么了？！"

付谨猛地转过身，顾默晗一脸阴鸷地站在他身后。

"你冷静一下，听我说……"

"说！"

付谨艰涩地舔舔唇："她朋友被绑架了，在八角巷，她去现场了。"

顾默晗一把夺过自己的手机，撇下还在喋喋不休的付谨就向外冲去。

沈乐央的电话打不通，无奈之下他只得拨通付乔的电话，得知警方已经在八角巷外部署，但他却并没有因此放下心来。

顾默晗将油门踩到底，向着八角巷方向飞驰而去。沈乐央你最好没事！

八角巷上方的天空乌蒙蒙的，有黑色的云在上空翻滚，像是在召唤着什么，满满的都是邪恶。

沈乐央跟着常瑜沿着兑字街向前走，快到出口的时候，常瑜拦住她："乐央，你听我的，你在这里等，不要过来，这样我才能安心地把她们带出来，你相信我！"

"谁在那儿？！"是石磊的小弟，他察觉到这边的动静出声试探道。

常瑜转过身，心中突然多了些许安定，向着那边稳步走过去，边走边说："你们老大让我送东西来的。"说着刻意拍了拍手中的背包。

中央楼是幢未完工的圆形建筑，因为年月已久破败不堪，许多地方有黑黢黢的钢筋裸露在墙体外。

小弟警惕地看了眼他身后，常瑜见状连忙将背包丢在他跟前，朗声喊："我已经到了，你们老大人呢？"

石磊走出来，一把将小弟推开就要过去，常瑜却防备地后退，掏出一个灌满油的玻璃瓶和打火机，强装镇定道："她们人呢？"

"年轻人，火气别那么大。"石磊死死地盯着常瑜，头也不回道，"带她们出来。"

【4】

有细细的水流顺着墙角滴答滴答溅到地面，像是时间流淌的声音，一下一下让人紧张。

叶思颖想起很久以前，住在隔壁的老妪在楼顶晒太阳的时候说的话，她说："人啊，不要认命，认了命你就永远摸不到阳光了。你要做的是从黑暗里爬出来。"

叶思颖记得她那沟壑纵横的脸上的那双眸子，在阳光下闪闪发光，像黑曜石一般沉静。

她至今都记得这句话，也是这样努力去做的，虽然辛苦，但是每每想起那双眼，都能够让她在那种暗无天日的日子里再努把力，就像苦中作乐，总要有希望。

但是她忘记了，不论她如何向阳生长，依旧会有阳光照不到的阴影紧随其后，那一片阴影如同鬼魅一般，如影随形。

有什么地方坏掉了，表盘上的指针开始不受控制地左右摇摆着，内里咬合紧密的齿轮也开始颤抖。

常瑜盯着被拉出来的两个女孩，确认她们虽然受惊过度但没受什么伤后，转向石磊："钱在这里，你放了她们。"

叶思颖看着不远处的常瑜，他就像是黑暗中披着金色阳光的七色鹿，一次次将她从泥沼中拯救出来。

"我和这个小姑娘谈的价钱是五万就放了她爸爸，十万，你把他们父女俩带走，但是这个沈乐央得留下，我的一位朋友应该很想和她聊聊。"石磊盯着叶思颖躲闪的眼神古怪地笑起来，无耻又狡猾。

闻言，江晴和常瑜都有些反应不过来，他说沈乐央？他以为江晴是沈乐央？巷子中的沈乐央闻言也是一愣，手上翻找手机的动作也停了下来。

而叶思颖，一脸死灰，如遭雷劈，他说什么？

"只要你把手机给我，我就放了你和你爸爸……"石磊狡猾的声音在脑海里不断地回旋碰撞。

她的手机是那种很老的触屏，没有指纹锁。

她侥幸地以为仅仅是一部破旧的手机而已，一部手机换爸爸一命，却没有想到是这样！

"你浑蛋！你骗我！浑蛋！"原本混混沌沌站在原地的叶思颖像是突然挥开了眼前的迷障，疯了一般向石磊扑去。小弟一时脱手让她挣脱开，但是马上反应过来又抓住她，反手就是一巴掌挥过去。

江晴见状想去扶她，一旁的小弟却紧紧地捉住她的手不放。

叶思颖跌坐在地上，觉得天旋地转。

不是这样的！不是这样的！都是因为自己，自己爸爸欠了钱才会连累江晴，都是因为自己，常瑜才会被引过来……

自己是这一切灾难的原罪啊！

石磊嗤笑着睨了一眼失魂落魄、痛哭流涕的叶思颖，就像在看一只卑贱的蝼蚁，随后对控制住江晴的小弟使了个眼色。

小弟放开江晴，一边推搡着她往前走一边说："你，去把钱拿过来。不许耍花样，不然你的朋友就死定了。"说着拎起地上的叶思颖，牢牢地钳制住她，将一把匕首架在了她的脖子上。

变故就发生在一瞬间——

叶思颖眼眶一红，颤抖着嘴角看着常瑜的方向说了一句："对不起。"

随后，叶思颖用手死死抓住箍在她脖子上的胳膊，头朝后重重一仰，狠狠撞上控制住她的那个小弟的面门。小弟猝不及防脸上一阵闷痛，整个人向后跌去。但是小弟很快就反应过来，稳住身体一手扼住她的脖子一手扬起匕首对着她。

石磊踱着步走过来，皱着眉摇头，就像看顽劣的孩童做了什么愚蠢的事一般嘲讽道："你和你那个酒鬼老爸一样天真，死到临头了还要挣扎一把，真是可怜。"

叶思颖的双眼透着诡异的红色，她恨不得撕烂这张虚伪的脸。

绝望一点点从她的眼底浮现，涌动着翻滚着，她像一只暴起的绝望的困兽，用最后一点力气冲过去，挥舞着双手想要抓住他，一旁的几个小弟连忙上前拦腰抱住她。

突然，一阵急促的警笛声响彻八角巷的上空，透着不容置疑的威严。几个小弟闻声有些惊慌，场面顿时就乱了起来。

八角巷外，接到付乔通知后的警方人员已经确定了绑匪身份，但是由于八角巷四通八达，出口甚多，绑匪手上又有人质，所以警方只能先在八角巷的各个巷口实施围堵抓捕。

"警官，里面被绑架的是我的家人，为什么还不进去救人？"蔚迟拦住眼前的警察问道。

"先生，请您不要妨碍公务，警方自有安排。"

每一次询问得到的都是公式化的回答，蔚迟感觉怒气在胸口奔腾。

"哥，为什么还不去救阿晴？她在里面很危险！"蔚延崩溃地抓着蔚迟跳脚。

当顾默晗驱车赶到的时候就看到乌泱泱的人群，八角巷口被警车团团围住。

他穿过人群，前方警戒线内的付乔正在与一名警察争论着什么。

"付乔。"他扬声。

付乔看是顾默晗，跟身旁的同事打了声招呼向他走过去，顾默晗跨过警戒线走向付乔。

"怎么回事？"

"八角巷是城中村，而且出口众多，现在还在进行人群疏散。"付乔顿了顿，看着顾默晗愈加难看的脸色继续说道，"而且根据羁押同伙的口供，绑匪近期购置过一批军火。"

顾默晗看着眼前警方临时组成的行动组荷枪实弹，心急如焚。

"你干吗？！"警戒线一角传来惊呼声，趁人不备一个人像箭一般冲进警戒线向巷口奔去。

"阿延！"蔚迟看着蔚延的背影想要追上去，却被几名警察拦住。

"拦住他！"付乔连忙指挥警察拦堵，却眼见那人越跑越远，连忙联系各个行动组跟上准备包围。

突然，一阵急促的警笛声响彻八角巷的上空，透着不容置疑的威严。

"谁鸣的警笛！不知道打草惊蛇吗？！"

"报告队长，声音是从八角巷中央楼传来的！"

巷子中央？不是说兑字街？难道是石磊转移了地点？

"准备抓捕！一小队去中央楼，二小队去兑字街……"

警方紧锣密鼓地准备破巷抓捕，付乔秀眉微蹙，想跟身旁的顾默晗打声招呼让他不要着急，转头却发现顾默晗早已不见人影。

叶思颖被他们钳制着，推搡间叶思颖身体陡然一僵，不再挣扎。

"啊！"江晴尖叫出声，惊恐万分地抱着头看向眼前的叶思颖。所有人的目光都顺着她的视线看过去。

一把闪着寒光的匕首就这么插在叶思颖的胸口，红色的血液汩汩而出，瞬间她胸前的白色布料被染红了。叶思颖却像是感觉不到疼痛一般，面色怔然地盯着不远处的常瑜，口中喃喃，然后直直仰面倒下。

常瑜急忙奔至她身边。

"对不起、对不起、对不起……"叶思颖被常瑜艰难地抱到怀里，她双手紧紧揪着他的袖子，一直喃喃地说着这三个字，眼角有泪珠渐渐渗出。

常瑜颤抖着唇想为她止血，但是不管捂住哪里，血都像泉水一样源源不断地从他手上这具逐渐失去温度的身体里流出。

控制叶思颖的小弟将沾满鲜血的双手举至眼前，颤声向身边的同伴喊："不是我杀的！不是我杀的！"

其余几人见出了人命心中也打起退堂鼓，毕竟出了人命如果被抓，不在局子里关个几年是出不来的，一时间这些人开始四下逃窜。

混乱中不知是谁推了一把，江晴没站稳直直地撞在一旁灰黑色的水泥墙壁上，她只觉额头传来一阵剧痛，身体顺着墙体缓缓滑落，在墙面上留下一条长长的暗红色血迹。

"江晴！"蔚延循着声跑过来却看到这一幕，只觉心神俱裂。

石磊见场面已然失控，铁青着脸捡起地上的背包，掏出别在身后的手枪，向另一条小巷跑去。

顾默晗在惶惶乱窜的人群中搜寻着沈乐央的身影。

警察随即赶到，举着枪大喝一声："都不许动！"

顾默晗看到不远处的常瑜怀中抱着一个人，有刺眼的红色透过来，他觉得心脏突然麻痹了，屏着呼吸脚步不稳地冲过去，靠近了却不敢再挪步，终于鼓起勇气看过去，发现不是沈乐央，这才松了一口气。

　　"沈乐央呢！"他焦急地冲口而出，常瑜失神地指了指身后的兑字街，顾默晗心急如焚地朝那边跑去。

　　跑出去没两步，回头看常瑜依然抱着叶思颖呆坐原地，忍不住吼："快带她去外面！那里有救护车！"

　　常瑜像突然清醒过来，抱起怀中的女孩向人群外冲去，带着热度的浓稠液体从她胸口一点点流出来，一种无力感渐渐涌上他的心头。

　　"对不起，我……我……"颠簸间，叶思颖幽幽转醒，她只觉得眼前的人模糊不清，更加用力地收紧指尖，哽咽着想说什么但是却喘不过气来。

　　"别说话，不怪你！别怕，救护车就在外面，我带你去！"

　　他的声音顺着胸膛传出，那么温柔，像阳春三月和煦的风，让她急速摆动的心安定下来。她觉得原本嘈杂的世界越来越安静，胸口也不再疼了，好像那一刀是刺进了她长长久久的窒闷中，但是还有些话她还没说。

　　"常瑜……我……"她想告诉他，但是浑身都使不上力来，攥紧的手也开始软绵绵。

　　不要，让她说完，让她告诉他，她那渺小而卑微的心意。

常瑜不时低头看看她，看着她的眼睛渐渐被泪水灌满，抓着他的手也开始松懈，他一把握住："思颖，不要睡！你要说什么，我在听，你说！"

常瑜，我爱你，像爱这世间所有美好的事物，比爱树木、爱山河、爱阳光更甚。

因为它们中间哪怕最美好的，都抵不过你。

……

她的脑袋缓缓偏向一边，眼眶中的液体顺着眼角流下，砸在他的手背，滚烫炙热。

第十章

生命那么短，我好不容易遇见你，刚好你也喜欢
我，何其幸运。

【1】

顾默晗在兑字街上奔跑着，空荡荡的廊道里只有他紧密的脚步
声在回响，不知道哪里响起几声枪响，顾默晗的心中越加慌张。

他想过无数种失去乐央的方式，却独独没有想过会这样失去她。

在旁人看来的冷静自持也不过是他刻意制造的假象，他现在才
意识到自己的伪装有多薄弱，顾默晗的动作凌乱得就像一个失去理
智的疯汉。

许多的话却被堵在喉咙里，他失控地扯着喉咙大喊："乐央！"

"顾默晗？"沈乐央闻声从躲藏的角落里走出，惊疑地看着眼前这个浑身散发着可怖气息的人，不确定地叫着他的名字。

顾默晗倏地转身，睁着眼牢牢地盯着她，眼底那遮掩不住的担忧和绝望瞬间让她涌出眼泪。

沈乐央一边流着泪一边怔怔地回望进他的眼底。

他的眼睛特别好看，是她见过的最迷人的，银河畔的星星都好像全部坠在了他的瞳仁里。但是现在，他看着自己的眼神是以前从来不曾出现过的，深沉得看似波澜不惊的海面，底下满是汹涌的暗流在不停地涌动咆哮。

"乐央？"

她听到他在念着自己的名字，沙哑沉静得就像大提琴的咏叹，蕴含其中的感情奏成曲调，优雅绵长。

沈乐央觉得，只要他还愿意用这样的语调叫自己的名字，哪怕眼前是万丈深渊她都会不计后果地跳下去，只要可以到达他的身边。

"乐央。"他低下头，慢慢地走近她，细碎的头发遮住了眼眸，"乐央，我可以抱抱你吗？"

沈乐央的心瞬间炸裂，天哪，谁来告诉她这是不是真的！

来不及等她有回应，顾默晗张开手臂一把将她揽进怀里。终于确定了，她就在自己的面前，天知道他有多害怕。

顾默晗的胸膛坚毅宽厚，有力的双臂紧紧地圈住她消瘦的肩，还在渐渐收紧。沈乐央渐渐有些喘不上气了，他身上有好闻的气息，像拂过山野的清冽的风，他炙热的体温扑在她的脸上，耳边是他有力急促的心跳。

像是明白了他惊慌的原因，沈乐央张开手，紧紧地回抱住他。

"沈乐央，我……"他的声音有着一种蛊惑的魔力让她的心开始向上浮起，不停地向上。

"喂，你们两个，还在那儿愣着干什么？"一道煞风景的严肃声音从两人身后传来，"现在还很危险，赶紧出来！"

身着警服的警察似乎也有些隐隐的尴尬，一鼓作气地吼完就立刻转身离开。

那道声音像是把顾默晗从迷蒙的雾中剥离出来，清醒过来他才意识到，这里的确不是一个聊天的好地方。

"我们走吧。"他伸手牵住她搭在身侧的右手，握在手心。

沈乐央的脸唰地就红了，这是她期盼已久的，但真实发生的时候，她却有种做梦一般的错觉。

手被他紧紧握在掌心，感受到来自成年男子干燥又温暖的体温，沈乐央一边随着他走一边痴迷地望着他，直到顾默晗的声音再次响起。

"乐央，你刚刚去哪儿了？"

"刚才绑匪换了地方，我怕警察找不到就在网上找了警笛声想让他们快点过来，后来……"

　　沈乐央用手机播放了警笛声后，观察着那边的一举一动，却被人从后面捂住了嘴巴。她以为是绑匪正准备拼命挣扎，身后走上来一个警察在她面前做了一个噤声的手势，然后她就被强行带走。

　　"后来他就带我出去了，等了好久都没有消息，我听到你的声音又偷偷跑过来了。"她的声音中有难掩的得意，语调止不住地上扬。

　　"下回不要这样，我真的很担心，万一要是……"顾默晗想起来仍是觉得后怕，那种惊恐到肝胆俱裂的体验他不想再感受第二次。

　　"对了，江晴他们怎么样了？"

　　这个问题，砸得顾默晗久久不知如何回答。

　　医院的走廊，洁白得没有一丝生机，沈乐央捧着一束鲜花站在病房外，心中满是伤感。

　　事发当晚赶到医院的时候江晴已经陷入了昏迷，医生说是撞到头导致，具体什么时候会醒，医生只是遗憾地摇了摇头。

　　临近夏天，气温逐渐升高，云朵遥遥地挂在窗外，偶尔有风带动白色的窗帘涌动，像是泛起涟漪的湖面，单调而规律的机器电频声在病房里不间断地响起，昭示着病床上的女孩还活着。

　　沈乐央推开病房门走进去，病房里已经有一个人坐在病床前。

　　"是你啊。"蔚延侧身朝沈乐央点点头算是打了招呼，接过她手里的花束拿起一旁的花瓶，"我去把花插起来。"

沈乐央看着眼前这个男人转身去卫生间的落寞背影，猜测他应该就是那个江晴躲到哪里都念念不忘的人。

听说就是这个男人送江晴来的医院，在得知江晴不知何时才能苏醒的时候还差点把主治医生给揍了。现在他这副胡子拉碴、脸颊凹陷、眼眶下还有浓重的乌青、眼里布满了血丝的落拓样子，一点也不像江晴口中那个温文尔雅的蔚延。

沈乐央看着病床上双目紧闭的江晴，将手中的画册放在一旁的小桌上。

她的手抚上江晴惨白的脸，记忆中那个活泼好动的女孩现在静静地躺在这里，那么闹腾的人怎么能够忍受被禁锢在病床上呢？曾开玩笑嫌弃她聒噪的沈乐央此刻却无比想要看到她突然从病床上爬起身，得意扬扬地取笑自己："乐央你真笨，又被我骗到了吧！"

是啊，她多么希望这就是一场玩笑，现在她迫切地想要有一个人能够告诉她这只是一场玩笑一场梦！

思颖没有死，江晴也没有昏迷不醒，这只是她们联起手来给她设计的一场玩笑。

如果这一切都不是真的，那该有多好啊。

"阿晴，我来看你了。"沈乐央察觉到自己言语中的颤抖，深深地呼吸着驱赶自己胸腔处传来的酸胀感，她强迫自己微笑着，语带轻快地说，"阿晴，我看到你心心念念的那个人了，他来找你了，长得很帅。阿晴眼光很好，你要是再不醒过来我都怕他被别人抢走了。但是我们阿晴这么好，他一定不会变心的，所以呀，你要快点醒过来，别让他等太久。"

沈乐央说着，眼眶控制不住地有些涩，终于忍受不住地仓皇站起身捂着嘴向病房外奔去。身后卫生间隔间传来开门声，蔚延手中捧着一个插满粉蓝绣球花的花瓶从卫生间走出来。

"我走了，你好好照顾她。"

蔚延点了点头，将花瓶放置床头，然后细细地给江晴拉了拉被角。

做完这一切，他就坐在床边握紧江晴的手。

"注意身体，江晴醒过时也不会想看到你是这副样子。"沈乐央踌躇许久终究忍不住开口。

蔚延依旧恍若未闻地愣愣坐在病床边，沈乐央在心中忍不住叹气，她觉得病房内的滞闷空气像是随着她的呼吸渗透进她的肺里，她的胸口像是有一块巨石压着让她喘不过气来。

正当她打算离开的时候，身后突然传来蔚延的声音。

"谢谢。"蔚延抬起头来看着眼前这个女孩，他从心里由衷地感谢她，他知道这是江晴为数不多的好友，也知道他不在的日子里，多亏了有她。

沈乐央离开后，蔚延才注意到小桌上的画册。

蔚延翻开画册，一张一张翻阅下去，心绪却再也不能平静。

洁白的画纸上，炭笔简单勾勒的都是过去两个人相处的场景，但是画作上的江晴显得有些朦胧，唯独自己的身影还有嘴角的那一抹笑容，清晰无比。

以前老师告诉过他们，我们手中的画笔是最诚实的，笔触下最生动的总是最爱的。

蔚延的手在一幅他的画像背面停了下来，画作的背面娟秀的小字写着："十年、二十年，或者更久的时候，只要我还拿得起画笔，我就会一直一直记得你的样子。"

床头柜上的绣球花散发着馨香，江晴的睡颜无比恬静，就像那时候一方小画室里她执着安静的陪伴。

这几年，像笼中鸟一样被囚禁在美国的时候，他不是没有怨恨过安吉娜对江晴的伤害，怨恨过安吉娜的以死相逼，也怨恨过所有对他们的感情不赞同的人……说到底他最怨恨的还是自己！没有保护好她，所以让她远走他乡，他最怨恨自己的是在她最无助最需要他的时候没有在她身边……

但是那些都不重要了，现在，自己距离她这么近，可以握着她的手，能够陪伴着她，等着她醒来，这就够了。

"阿晴，别怕，一年、两年，十年、二十年，我就在这里等你醒来。"

远处刮来的风扬起洁白的窗帘，绣球花的每一簇花瓣都微微颤动着，晶莹的水珠缓缓滑落下来，就像许多个夜晚流下的眼泪，现在终得圆满。

病床上的女孩皓白的面庞无比恬静，蔚延执着画笔温柔地在纸上描摹，江晴的笑颜跃然纸上，那么真实美好。

【2】

沈乐央拖着沉重的步伐走出病房，压了压酸胀的眼角，她知道对于江晴来说蔚延是一个什么样的存在。每每江晴向她絮絮叨叨地说起蔚延，到最后总是一脸决绝地赌誓再也不要见到他。她说自己心中的爱已经被怨恨架空，但是她眼中明晃晃的眷恋分明在诉说着对他的牵挂。

江晴是那么爱蔚延，爱到逃离，爱到需要用恨做借口才敢想起他，那么再次遇见，江晴恐怕还是会奋不顾身地重蹈覆辙。

可能就是这样，江晴才会一直昏睡着不敢醒来，沈乐央想起刚才看见蔚延的落拓样子，人总是在失去了以后才发现自己的最爱。

那么自己呢？自己对顾默晗究竟是一种什么样的感情？沈乐央扪心自问。

不知不觉间，沈乐央晃荡到了住院部门口，旁边有一个供病人散步休息的花园，郁郁葱葱的草地，人工湖边种着一排袅袅的垂柳。她不自觉走过去靠在围栏上，捞起斜搭在围栏上的柳枝，微风轻抚她的面庞带起耳边的碎发，手中的柳枝也轻盈地随着风的方向招摇。

是了，就像这个样子。

自己就像这柳枝，顾默晗就像一阵清冽的风为她驱散生命中的阴霾，在自己最无助最迷茫的时候，是他一直在照拂着自己。如果不是他，自己的人生现在不知道会是什么样子。

她生活中所有的一切都源自于他，她需要顾默晗，就像世间万物需要阳光、雨露、微风一样，顾默晗就是自己的光、雨、风。

只要他在身边就能够给自己莫大的勇气，让她向更好的自己迈进。

沈乐央以前的确不明白什么是爱，但是她现在觉得爱一个人就是忍不住地想要追随他，努力地让自己更加优秀，争取在他的身边有自己的一席之地……

沈乐央想起那天晚上顾默晗的紧张还有那个拥抱，在心中暗暗想着顾默晗对自己也许不是没有感觉，既然不想失去，沈乐央决定再鼓起勇气给自己争取一次，再任性一次。

沈乐央的心中有什么破壳而出，就像是在黝黑的土壤中挣扎着奋力想要抽出的枝芽。

常瑜特地来医院想要最后再看一眼江晴，心中希冀着沈乐央会在。

等他到了病房，蔚延告诉他沈乐央刚刚离开，他立马冲下来追她，还好在湖畔柳树边找到了她的身影。

常瑜静静走到她的身边，和她并肩站在一起。

沈乐央像是老年痴呆症患者似的慢慢地抬起头，注视他良久才恍然道："是你啊，你来看江晴吗？"

常瑜有些失落地勾起嘴角笑了笑，在她心里似乎总是借由别人才会想起他，就像是在提醒着两人并不熟络的关系。

"对啊，我来看看她，她还没醒，那天晚上如果……"常瑜有些失落，脸上也带着隐隐的愤怒，双手在身侧紧紧地攥起拳头。

"阿晴会醒的。"沈乐央出言打断他，也像是在宽慰自己，阿晴不会舍得让蔚延一直等她的。

"我和顾默晗在嵊城的陵园给思颖找了一块墓地，你如果有时间多去看看她。"沈乐央犹豫着开了口。叶思颖对常瑜的感情，她们都看在眼里，但是自从思颖去世后，身边的人好像都自动规避了这个话题。

她觉得这份叶思颖到死都没能说出口的感情太重了，一想起这份感情随着一抔土的掩埋被叶思颖带去另一个世界，她就觉得无比心疼。

"我知道。"常瑜像是明白她要说的话，看她犹豫的样子体贴地接过话。

其实他知道，一直都知道。

一个怀揣着真心只为靠你更近的人，怎么可能无知无觉呢？

那个女孩小鹿般湿润而又小心翼翼的眸子每每在暗中睇视着他，被捕捉到的时候都是那么惊慌又立马装作若无其事，那么蹩脚的隐藏怎么会不被发觉？

这份感情太干净了，就像叶思颖这个人，真的太干净了。

纯粹得就像在八角巷的角落中长出来的白色小花，明明是那么污浊不堪的环境，却生出一个黑白分明的灵魂。

他不敢接受，甚至不敢直视叶思颖的眼睛，因为他的内心里也一直住着一个人。他觉得如果自己不负责任地接受叶思颖的感情，不光是对心里的那个人，更是对这个纯粹的女孩的玷污。

但是他没有想到，那个看似软弱的女孩扑向那把泛着冷光的尖刀时，他承认他的心有那么一瞬的颤抖。

最后那一滴滚烫的眼泪像是砸在了他的心口。

许久，常瑜终于从思绪中清醒过来，想起此行的目的。

"乐央，我要走了，要去澳洲了。"他郑重其事地看着她似乎有些心不在焉的样子被这句话惊得稍微有些变化。

"还会回来吗？"

"我也不知道。"少年摇着头，脸上满是无奈。

"哦，那祝你一路顺风。"

"嗯，谢谢。"他们之间也只能到这里了。

常瑜说完，就向后倒退着像是要离开的样子，转身之际还是忍不住将心底已经埋藏许久的疑惑问出口："对了，乐央，你有没有去过缁沅？"

他言语中隐隐的期待被他用很随意的态度很好地掩藏着。

"缁沅？"沈乐央疑惑地偏过头，有些不明白他为什么突然问起这个，"是哪儿啊？"

"我的家乡。"他看着她认真思索的样子，满含期待地、热切地看着她。

"应该是没去过吧，我从小在桐城长大的，"沈乐央有些犹豫地继续问道，"为什么这么问？"

那双黝黑的眸子闻言瞬间有些暗淡，因为期待一直屏息的胸口传来一阵窒息感，常瑜长长地呼了口气，心却蓦地平静下来。

"没什么。"

沈乐央正觉眼前的常瑜莫名其妙，常瑜却以一种不容拒绝的姿态靠近她，轻轻揽住她，靠近她耳畔的时候，他清冷的声音在耳畔响起："谢谢你。"

沈乐央刚想要推开他，他已经迅速退开。

"再见。"常瑜难得地绽开笑容，张扬恣意。

也许有些事让它过去最好的方法就是把它从心里挖出来然后让它随风而逝，常瑜这么想着，终于挺直脊背向医院外走去。

常瑜已经离开许久，顾默晗在不远处盯着半天没有回过神来、愣愣站在原地的沈乐央。

刚才那一幕，是那么美好，阳光正好透过廊桥的间隙投洒下来，少年清俊隐忍眉目俊朗，沈乐央脸颊泛着可疑的红色。

而他就站在阳光照不到的角落，看着那一束阳光下的场景。

那是自己构想过无数次的画面，他保护了这么久的女孩身边站着一个与她年龄相仿的、可以陪她疯闹的男孩，多么美好的一幕……

"顾默晗，你来啦！"沈乐央瞥见站在一边的顾默晗，像欢快的雀儿一样奔至他的身边。

顾默晗掩下心底翻涌的酸涩感情，笑着如往常一样摸着她的发顶，将她腮边凌乱的碎发撩至耳后。

"你来多久了啊？"

"刚到。"

沈乐央觉得被他指尖触碰过的脸颊像是在燃烧着。

脑海中浮现起那个拥抱，还有他手掌灼热的温度，她的手中像是握着一块通红滚烫的炭，热度顺着她的手掌蔓延至全身，蒸腾上她的脸颊。

顾默晗将她的表情映在眼中，心中那抹酸涩非常神奇地消散无踪。

"回家吧。"说着他非常自然地牵起她的手向医院外走去。

从医院出来后，两人一直沉默不语。

沈乐央有些不解顾默晗的态度，他的反常让她有些忐忑和欣喜，但是又怕是自己自作多情，于是她试探性地开口："常瑜他好像去澳洲了，刚才还来医院跟我们告别。"

话说完，沈乐央就在心里不住地唾弃自己，这是什么鬼开头！

"哦，是吗？"顾默晗目视着前方，语焉不详地搭着话，反问的语调略有深意。

沈乐央疑惑地偏头看着他，现在正是红灯，顾默晗蹙着眉，修长的手指在方向盘上不住地叩击着。

车厢内的气压正在逐渐降低，顾默晗的脸上并没有过多的表情，但是散发出来的危险气息让沈乐央有些心惊。

就这样一路保持着诡异的气氛到了家。

在停车场，沈乐央在顾默晗解安全带的时候突然开口："你在生气。"

肯定的语气，让顾默晗有些烦躁，更因为自己心里那些从未体会过的幼稚念头，他觉得自己浑身冒着的火气都被他憋在心里。

"你为什么生气？"

"我看到了。"沈乐央因为他莫名其妙的话语一头雾水，顾默晗接着解释道，"他跟你告别我看到了。"

沈乐央恍然大悟，明白过来后就有些控制不住自己的思绪，他因为这个生气那是不是代表……

沈乐央觉得自己的心就像是灌满了热空气的热气球，随着风悠悠地在蓝色的天宇上上下下地飘浮，向下俯瞰是无尽的绿色草地，泥土和绿草的馨香挟着风扑在她的脸庞，那么细腻，那么温柔。

她睁圆了眼望着他，顾默晗也并不回避。

"顾默晗。"沈乐央呢喃着他的名字，突然之间扑向了他，顾默晗慌张地伸手接住她。

"顾默晗，我想过了，我是真的喜欢你，不要再推开我了好吗？"沈乐央感觉到他身上特有的气息温柔地包裹在她的周身。

顾默晗心中酸胀，之前在人工湖边看到常瑜拥抱她的憋闷也一扫而空，他骨节分明的手抓住她的肩膀，让她微微退开自己的怀抱。

沈乐央因为他这个动作心中满是失落，还是不行吗？

"乐央，和我在一起。"顾默晗的声线沙哑，有些不规律的细微颤抖，顾默晗竭力控制着心下的紧张与感动。

"啊？"她的眼中满是失落，还有因为这突如其来的转折而反应不过来的迷茫。

顾默晗蹙眉，用不容置疑的语气说道："说好。"

"好。"沈乐央愣愣地答应着。

顾默晗低笑，眼中满是笑意，在心底念了一声，傻丫头。

沈乐央愣愣的正不知道如何反应，就看到他逐渐靠近自己，放大的眉眼就在自己眼前，长睫毛微颤，在他的下眼睑投下一小片阴影。

他的睫毛真长，沈乐央茫然地在心中感叹，却又突然反应过来，脸庞涨红，浑身僵硬起来。

顾默晗感受到她的紧张与僵硬，睁开眼，就看见她扑扇着眼看着自己，像蝴蝶翅膀一般轻盈。

她的瞳仁中满满倒映着的都是自己的脸，顾默晗心中满满当当的都是疼爱，像是被蛊惑般低下了头，他紧紧地拥住了她。

后来，她的头脑清醒到可以思考的时候，已经在自己的房间里。

之后发生了什么，是怎么结束的，她已经记不清了。

她只记得，有一个声音像是从遥远的地方，穿过山川、河流、森林、原野终于飘扬而来，那个缥缈的声音汇进她的耳朵融入大脑，她才慢慢咬清字句：

"乐央，我不知道什么是最好的感情，但是我会给你我所能想到的最好的，希望我有这个荣幸可以陪你度过接下来的人生。"

没有更好的了，于我而言你就是最好的。

【3】

警戒线在空荡荡的中央楼伴随着微起的风晃荡着，被脚步声惊起的游蝠拍打着翅膀四处乱窜，地上满是暗红色的干涸血迹，显得有些可怖。

白薇别过眼不敢再看，根据石磊在电话里说的来到兑字街的一个角落，搬开墙角的石板，露出了个篮球大小的洞，她伸手进去，摸索着将一个黑色的背包取了出来。

自从那天晚上提醒了石磊警察快到了后，她的心一直有些不安，新闻里也在大肆报道这件事，她也知道死了一个女孩。

得知石磊持械脱逃了，她没由来地有些心慌。

第二天她拖着疲惫的身躯回到家时，冰冷的枪管抵住了她的头。

"你想干什么？"

"没什么，白小姐，我可是为你办事，我杀了你想杀的人你难道想赖账？"

"我可没有要你去杀……"

石磊闻言，像是在笑，眼中隐隐露出凶光，掏出手机按了播放键。

"我想要她死，我给你钱，你帮我杀了她！"

白薇狰狞的声音响彻楼道。

"你卑鄙。"

"我是卑鄙，但是白小姐，事情我已经给你办完，你该付账了，否则这段音频恐怕就得落在警察手里了。白小姐大可以权衡一下，如果这件事曝光，你这一生恐怕就毁了。"

石磊无耻而又狡诈的声音继续响起："但是现在有另一条路选，你帮我把钱交给市立医院 ICU 病房一个叫桑简的女人，我保证这件事做完，我石磊和这件事跟你没有任何关系，所有的罪责我一人承担，绝对不会牵连到你。"

石磊一向懂得琢磨人心，看着白薇神色有些微动摇他就知道白薇必定会答应他，这件事只能交给白薇，现在到处都是通缉他的新闻，他根本没有办法暴露于人前。他已经走投无路了。

石磊离开白薇家，走上大街，来到了第一次遇见桑简的那家花店。

石磊自小就父母不详，从记事起就在街头流浪，没有人告诉他什么该做什么不该做，没有人教过他辨明是非善恶。他流浪在街头乞讨的时候，看着那些衣着光鲜的小孩被父母一脸慈爱地捧在手心中，他也觉得不公平，为什么自己的父母会抛弃他？

满街的人一脸鄙夷，嫌弃浑身脏兮兮的他，生怕他弄脏了他们那一片衣角，也有人对他拳脚相加谩骂着向他啐着唾沫，他也曾饥肠辘辘地在落满星辰的黑夜仰望着天空，问着为什么没有人来帮帮他？

后来，他不问了，他也不再一脸乞求地渴望别人的施舍了。每个人堕落到深渊之前都会有挣扎着捕捉光明的阶段，石磊终于放开了那只在崖壁边苦攀着的手，他成了这条街上最狠的渣滓。他痛恨这些人，他痛恨这个世界，他想要摧毁所有的幸福。

直到遇见了桑简，他一辈子都忘不了在那个雨夜桑简举着伞靠近他，以及她脸上的笑容。

这个女人很傻，傻到看到他脸上的凶神恶煞，她也以为是善意。

他开始盘踞在她的身旁远远地看着她，只是想看看她。

直到有一次他看到桑简在马路上昏倒，才得知原来她有先天性心脏病，但是那该死的手术费还差十万。

在遇见桑简之前他也以为自己这辈子大概只能够做一个十恶不赦的浑蛋，他不想为自己开脱，能够遇到桑简已经是莫大的幸运，他对这次的计划也心存侥幸，他可以金盆洗手带着桑简远走高飞。

"小简，我恐怕没有办法等你做完手术了。"石磊看着警察举着枪向他跑来，缓缓地抬起双手，嘴里喃喃。

八角巷坎字街。

白薇手中提着石磊所说的那个黑色背包，心中兀自有些好笑，就只是为了这些钱让石磊铤而走险，她没想到无耻狠辣如石磊也会想要帮助别人。

白薇觉得，她已经深陷在了黑色的泥沼里，那些翻涌的邪恶念头已经穿过皮肤渗进了她的心里，否则为什么此刻她除了被算计的愤怒，心中还会有快意？

她偷偷地事先去过石磊说的那家医院，ICU 病房里是一个很漂亮的二十来岁的年轻女人，问过护士才知道她患有先天性心脏病需要赶快做搭桥手术，而手术尾款正好还差十万。

她不想知道这个女人和石磊有什么关系，她只想赶紧和石磊划清界限。

在八角巷不远处的黑暗里，一个身影逐渐显露出来，蔚迟死死地盯着前方白薇的身影，薇薇怎么会和石磊有牵扯？

蔚迟疾步走向白薇，扳着她的肩膀让她面对自己，皱起眉质问道："薇薇，你为什么要这么做？"

白薇被他突然的动作吓了一跳，手中的背包也重重砸在脚边，灰尘簌簌。

"蔚迟？你怎么会在这里？"白薇小心翼翼地看向他身后。

警察突然找到他的时候，他也是无比震惊，下意识地就不相信。

但是现在事实就是这样，白薇的确与这宗绑架案有关联。

这一刻，蔚迟后悔了，他后悔为什么要跟着她来嵘城？如果他没有来，就看不见她的这些变化和偏执，就可以像以前一样安心地给她一个肩膀给她安慰，安心地在她的身后等她陪伴她。

"你都知道了？"她低下头语气略带嘲讽，旋即又执拗地注视着他，倔强的大眼睛里有着许多他看不清的东西。

白薇不明白，明明自己也是受害者，为什么她不能怨恨，凭什么她不能报复？

"薇薇你为什么这么傻，阿姨已经死了，程晗韫也坐牢得到了该有的惩罚，阿姨如果看到你这样，她该有多痛心！"蔚迟感受到她身体的颤抖，想要抱抱她，安抚她。

"薇薇，你跟我回美国吧。"

白薇笑了，摇着头说："你也觉得我错了？我带着我妈妈漂洋过海去到了人生地不熟的地方苦苦挣扎，是她害的啊！我变成现在这样都是她害的！"

"我可怜她，谁来可怜可怜我啊？"她盯着蔚迟的眼睛里充满了恨意，一行眼泪顺着眼角慢慢地滑了下来。

蔚迟心里一揪，想要给她抹掉眼泪，她却用力地挥开他的手，用手掌随意在脸上狠狠一擦。

她抬起头看着漆黑的夜幕，目光坚定："你走吧，回美国。我是不会回去的，这个世界上已经没有我的容身之处了。"然后捡起脚边的背包头也不回地转身离开。

白薇觉得自己已经没什么好失去的了，身后本就空无一人，那就不回头一直走下去吧。

蔚迟看着她绷紧的身体、瘦弱的肩膀还在止不住地颤抖，却仰着头倔强地走向了越渐浓密的黑暗，一时间心里五味杂陈。

"那我呢？我的感情你就这么视而不见吗？"蔚迟冲着她离开的方向颓然地喊，回应他的却是死一般的寂静。

白薇的泪水决堤，脚步却不停歇地向前走，向前走，她在心中不住呐喊："对不起，我配不上你，会有一个好女孩陪你过完这辈子，但是不会是我。"

白薇自始至终都很感激蔚迟，但是她知道这种感情不是爱，所以一直都不敢正视他对自己的好。

但是这一刻她无比感谢上苍让她遇见了蔚迟，让她没有彻底迷失心智。

她抓紧手中的背包，心下百感交集，那里面是十万块钱、一束花和一张卡片。

当白薇打开背包的时候，那一瞬间是震惊的，扑鼻而来的玫瑰清香，让她一时间忘记了石磊是个十恶不赦的流氓，那张卡片上只有寥寥数语：

小简，提前祝贺你手术成功，原谅我不能履行诺言等你做完手术，因为我要走了。你要保重身体，好好生活下去，你不用为我担心，我很好，我会在遥远的地方一直为你祈祷。希望你一生幸福。

——石磊

白薇原以为石磊在她家的那番说辞是一场骗局，他那么狡诈的人怎么会甘心伏罪呢？

看到这张卡片的时候，白薇知道自己错了，再十恶不赦的人内心也依然会留有一处柔软。但同时她也明白，不论是出于什么理由的犯罪，那些因为你的过错而受到伤害的人也远不是一纸法律判决书可以偿还得了的。

她也有罪，那个死去的女孩和那个昏迷不醒的女孩，都因为自己的不甘而受到了牵连，她们与那时候因为程晗蕴的报复而远走他乡的自己有什么不同？

她忽然明白了，程晗蕴当时为什么会选择自首，不是为了逃避罪责，而是为了赎清罪责。

现在，她也应该去坦然接受法律对自己的审判了。

【4】

嵊城公安局。

一个月前潜逃的石磊在城北的一家花店前被警察捕获，让人吃惊的是石磊在抓捕过程中全然不反抗，之后也主动认下了所有的罪责，最终因涉黑、敲诈、故意杀人等多项罪责被判处死刑。

三天后，居然又有一个年轻女人来自首，主动交代石磊案中她是买主。

顾默晗接到付乔电话赶到的时候，蔚迟正在缠着付乔想要见见白薇。

"不是我不让你见！是人家不想见你！你缠着我也没有用！你跟着我也是浪费时间，你不如去找一个好一点的辩护律师说不定还能争取减刑！"付乔不耐烦地将他推开，蔚迟一脸落寞地站在那儿，付乔又有些于心不忍，安慰道，"她不是主观指使石磊绑架伤人，是石磊刻意挑拨诱导，认罪态度好、主动交代罪行可以请求人民法院量刑时考虑依法从轻处罚。"

付乔拍了拍他的肩膀，心里念叨着，挺好一男人怎么是个傻子，抬头就看到顾默晗进来："默晗，这边。"

"蔚总。"顾默晗点头示意付乔知道了，然后跟蔚迟打了个招呼。

"白薇说要见你。"付乔对顾默晗道。

蔚迟眼见着顾默晗要进入拘留室，付乔也要进到隔间，蹙眉请求道："我和你一起进去，我就在旁边看看她，拜托了！"

蔚迟透过单向玻璃看着白薇的双手被银白色的手铐铐在桌面上，白薇的声音从监控器中传来："虽然这件事不是我指使的，但是石磊骗我沈乐央死了的时候我真的很开心。"

顾默晗眉间明显一皱，白薇看着神色明显变化的顾默晗："怎么？我这么说你心疼了？这就心疼了？"

"嗬，有个为她算计的妈妈就是不一样，但是你要知道是她妈妈把我逼走的！不是她妈妈我根本不是现在这个样子！都是她妈妈害得我历尽苦难！现在会这个样子是她活该！要怪就怪她妈妈，这一切都是因她而起，做女儿的还债不应该吗？"白薇越说越激动，大力地拍着桌子想站起来，被两旁的女警压下去。

"我是真心喜欢你的，在飞机上第一次见你的时候就喜欢上了，偏偏沈乐央也喜欢你，还真是悲哀啊。白家和沈家的女人注定不能一起生活在阳光下……"白薇一个人自说自话。

顾默晗不耐烦地打断她："生活遭受的苦难不是你去践踏别人的理由，乐央不论落到哪一种境地都不会落魄，她是能够积极向上找到出路的人，她会发现生活中所有美的事物，珍惜每一个对她好的人，你喜欢的也不是我，你喜欢的是你自己。"

顾默晗说完不再理会愣怔的白薇，向着镜子里点点头，走出了拘留室。

付乔看着蔚迟站在单向镜前，就那么深深地盯着拘留室内在顾默晗走后仓皇掩面的白薇。那种无可奈何的感觉何其相似，深爱着一个不可能的人，愿意付出自己的一切却始终无法靠近他分毫，看着爱的人心心念念的是别人，自己还忍不住去为他担忧。

就像你永远叫不醒一个装睡的人，不到最后一刻你都不忍心叫醒自己，告诉自己该走了。

付乔有些唏嘘，好在她已经走出来了。她拍了拍眼前的男人："该走了，每个人都有自己的选择，我们没有办法强求。"

爱是没有对错可言的，但是以爱之名因为嫉妒去怨恨、去纠缠、去争夺不属于自己的东西，去迁怒不相干的人，才是对爱情最大的亵渎。

在这世界上有两件事是永远也勉强不了的，一个是吃饱了以后新上的美味餐点，还有一个是爱情。

前者的勉强会让你身体难受一整天，后者会让你的心久久无法被治愈。

不属于自己的东西，不该拥有的东西，不要贪恋，在该放弃的时候放弃，勇敢地重新开始。

顾默晗离开警局的时候很平静，他不想去过多地评判对错，毕竟他也无资格。

但是他更明白，生活不是看你失去了什么，而是看你现在拥有着什么，只有这样，人生才能维持稳健一直向前。

他也很庆幸，即使他以前早已习惯孤独，可他等到了乐央携着阳光裹着雨露踏进了他心中那块贫瘠的土地，现在那里繁花盛开绿草如茵。

只有见过肥沃的土地，才会不舍离开，所以他很珍惜现在拥有的一切，并将拼尽自己的全力去握住它。

他曾觉得这是一件可耻的事情，迷茫过也徘徊过，甚至想过远远地离开。

现在他明白，爱一个人不是可耻的事情，它让你勇敢而宽容，无畏而蓬勃。

他去见了程晗韫，坦白了自己对乐央的感情。

程晗韫当然很担忧，但是这一年以来一直是顾默晗在为她打点监狱生活的相关事宜，在顾默晗保证在没有得到她的认可前不会做任何逾矩的事后，出于对顾默晗人品的信任，她也稍稍放下心来。

其实顾默晗更希望程晗韫能够同意让他告知沈乐央她坐牢的事，好让沈乐央来见见分别许久的妈妈，但是程晗韫拒绝了。她心中最后的一点傲气，让她不能接受在女儿心中的自己是一个污点缠身的罪犯。

但是在人生中，不论是出于什么而隐瞒的真相，谎言终究有需要去面对的一天，拖得越久伤害就越难以弥补，谁也不能代替谁去逃避。

但是，在那发生之前，他会保护好沈乐央，让她不要受到这个世界恶意的侵袭。

与此同时，瞿淮郊区别墅。

"爸爸，这些是今天的信件。"

一个身材姣好的女人拿着一沓信敲响了书房门，书桌前精神矍铄的沈鸿点点头："有你嫂子的消息吗？"

"还没有，嵘城那边的人说她们已经很久没有回家了。"女人皱起眉头，眼角的泪痣衬得她一脸的忧心忡忡。

伴随高跟鞋越来越远的声音，沈鸿终于从报纸中抬起了头，取下老花眼镜，捏了捏酸胀的太阳穴，深深地叹了口气。

当初如果不是自己反对儿子与儿媳的婚事，儿子也不会离开瞿淮；当初如果自己没有那么倔强，儿子也不会怀着对自己的怨怼早早就离开人世。

眯着眼拿过桌上的信件，其中一封信的寄件地址写着嵘城，他小心地撕开封口，一张照片掉了出来——照片上程晗韫穿着灰蓝色的囚服，面前是盛着清淡饭菜的餐盘。

照片如一片羽毛飘落在地，沈鸿如被抽去了所有力气一般颓然地瘫倒在凳子上。

【5】

　　林立的树木不时抖落下枯黄的树叶，树木向地面蜿蜒伸出的遒劲根系上面有着白色伞状的菌类植物，混合着泥土的清冽香气扑鼻而来。

　　林间，在树木的避让下衍生出一条小路，曲折着向前，向前，向前……

　　沈乐央顺着小路一直向前走着，好像有不知名的东西在前方吸引着她。

　　"乐央。"叶思颖从右边小径的树木后面探出头来调皮地看着她轻声喊道。

　　"你怎么在这儿啊？"沈乐央上前拉住她的手，询问道。

　　"我是来跟你告别的。"

　　"你要去哪儿？你不回来了吗？"沈乐央闻言有些焦急。

　　"我要去世界的另一面。"叶思颖的声音轻柔响起，紧接着她的身体也飘了起来。

　　沈乐央紧紧地抓住她的手想要把她拉回地面，但是却被带动着向上飘去。

　　悬浮的感觉让她心中忐忑不安。

"乐央。"

沈乐央回过头，是顾默晗，他神色温柔地站在那儿，漆黑的眼眸专注地凝视着她。

他向她缓缓地伸出一只骨节分明的手。

"乐央，相信我。"

……

"乐央？乐央？"有些焦急的声音从遥远的地方呼啸而来。

眼前的顾默晗周身散发出淡淡的光芒，噙着温柔笑容的脸一点一点地变得模糊起来，她奋力向前挥臂，想要抓住他的指尖，却触摸不到，这才发现是他的影像在倒退着越来越远。

不要，不要！她挣扎着向前，触手的只是虚无的空气。

顾默晗回到家的时候，客厅的灯亮着，沈乐央蜷缩在沙发上满头是汗，睡得并不安稳。

"乐央，醒醒。"顾默晗走过去，探着她濡湿的额头，轻轻拍着她的脸颊叫着她的名字。

"乐央。"

沈乐央猛地睁开眼睛，满眼的惊吓，看到面前的顾默晗后失魂落魄地抱住他的脖颈。

"怎么了？"

"做噩梦了。"她糯糯的声音中有着委屈。

顾默晗哑然失笑，却依旧轻柔地拍拍她僵硬的脊背："不怕，都过去了。"

沈乐央在这段时间心中一直有些烦杂的想法，却理不清头绪。

她想起妈妈对她说过的一句话：人生的奔跑是最不能停歇的，你能成为什么样的人，在于你想成为什么样的人。

这句话，当时她不能理解，她觉得人生又不是你想如何就能达成圆满的，不然世间怎会有那么多苦难啊。

现在她明白，感情无法被压抑，那就让自己的成长配得起自己的野心。

磨砺不会停歇，那就做一个勇敢不畏惧的人。

她的心中被播下了一颗名叫野心的种子，悄悄地开始萌芽。

她无比坚定地开口，攥紧的拳头像是紧握着的决心。

"顾默晗，生命那么短，我好不容易遇见你，刚好你也喜欢我，何其幸运。

"我知道你当我还小，思想还不够成熟，觉得我是闹着玩的，但是请你给我时间让我跟上你的步伐。我会证明，我是认真的！我会证明，我就是站在你身边最好的人。

"请你，相信我。"

她的眼眶中因为恳切而泛起薄雾，里面好像有什么在汹涌。

顾默晗直视她的眼睛，颤抖的眼睫毛泄露了她内心的紧张，直到原本如同苹果一般红的脸颊开始泛白，他才幽幽地低下头。

她不知道在这个清冷的夜里，她的一番话让他几乎热泪盈眶，内心也开始滚烫起来。

"好，我等你。"

—END—

圆圆的窗外，湛蓝的天空下是一道光亮的白线，滚滚的云层像是海潮退下后的白色沙面。

常瑜的思绪随着越渐渺小直到被云层阻隔的地面，飘回到很久之前。

妈妈体弱，自从生下他以后就常常卧病在床，彼时爸爸的生意随着他狠辣的手段蒸蒸日上，回家的时间也越来越少。

辗转在病床上的人每一天都是在和死神争分夺秒，医生已经下了许多次病危通知书了。

“你说，ICU 病房的那个女人这次能挺过来吗？”

“我觉得悬。”

“抢救回来又怎么样，意识不清地躺在病床上昏迷不醒？”

“……”喋喋不休的护士们闻言也安静了下来，她们在医院每天目睹的死亡不在少数，早就习以为常，在她们心中，能救下来那是命不该绝，幸运；死了那也是命数到了，注定。

“妈妈，妈妈。”常瑜被病房中的小护士拉出来，不停的叫嚷声响彻了走廊。

小护士手忙脚乱地哄着，没法跟一个小萝卜头讲道理，护士长更是不停瞪视着他：“你不要哭，你哭，妈妈就回不来了！”

没想到一句话落下，常瑜真的不哭了，好像他不哭妈妈就真的还在一样。

妈妈去世后，爸爸身边的女人就开始明目张胆地登堂入室，浓郁香水味混杂着爸爸一身的烟酒气息，让他觉得爸爸无比的恶心。所以当他明显地表达了对她们的厌恶，不配合地捣乱时，他被爸爸送回了老家缁沅。

那时候，他常常呆呆地一个人不说话，在公园里一待就是一天。

不远处的女孩正在垒沙堡，橙红色的夕阳将她还未舒展开的身影拖得又细又长，可能因为同样是一个人，他一直看着她。

"喂，你，说你呢！"女孩直起身气势汹汹地走过来，气鼓鼓地看着常瑜，常瑜愣愣地看着她不说话。

"我叫你呢！你为什么不回答？你是哑巴吗？你一直看着我干吗？"稚气的声音带着点戒备，还怀疑地斜睨着他。

常瑜小心与她保持着距离，不答话，也不再像刚才一样牢牢地盯着她看，仿佛站立在他旁边的是个隐形人。

"喂，你为什么又不看我了？！"女孩又不满意地开口指责道。

"你是不是害羞啊？"女孩有些不解，别的小朋友都很喜欢跟自己玩，怎么偏偏他爱搭不理的？

于是，孤零零的常瑜身旁多了一个小身影，女孩常常自言自语地和常瑜说话。虽然常瑜并不回答她，但这依然无法削减她的热情。

这样默契却又滑稽的局面，在一天傍晚被打破了。

几个半大小子，毕恭毕敬地簇拥着他们所谓的老大，呼呼喝喝从沉默的常瑜面前经过，咋呼着让他滚开，但是常瑜只是瞥了他们一眼，并不加理会。

正要动手间，女孩张开双手挡在常瑜前面，几个男孩却哈哈哈大笑起来，其中一个不以为意地推着她，瘦瘦小小的女孩被推得直接跌坐在了地上。

就在此时，几步之外原本平静无波的常瑜却箭一般扑了上来，不由分说地就动起手来。

　　常瑜当然敌不过他们，直到他们发觉欺负一个小毛头的确没意思后才扬长而去。

　　常瑜从地上爬起来，转身想要看看女孩的伤口，女孩却在看到他脸的那一瞬"哇"的一声哭了起来。常瑜的脸上满是青紫伤痕，还有许多豁开的伤口汩汩往外冒着血。

　　第二天，女孩照例来到了小公园，坐在了不知望着哪里出神的常瑜身边："嘿，你猜我带了什么？"

　　常瑜看着她不说话，她不觉无趣地从口袋里掏出一个小罐子："噔噔噔，医院的护士说擦了这个就不会疼啦！"她自己配音献宝般地将罐子拿出来，拧开盖子，用手指蘸着一些药膏，涂抹在常瑜隐隐还在渗着血的伤口上。

　　常瑜愣愣地看着她凑近，他紧紧抿着的嘴登时就垮了下来，极力忍了一阵，忽然豆大的泪珠从眼眶里无声地滚落下来。

　　女孩愣了一下，有些慌张："你别哭，是不是疼啊？我给你呼呼一下，就不疼了！"说着还轻轻吹了吹常瑜的伤口，"我以前不小心摔伤的时候妈妈就这样给我呼呼，我就觉得不疼了。"

　　闻言常瑜终于"哇"地放声大哭。

　　"哎呀，你别哭了嘛，我以后会保护你，不会再让别人欺负你的啦！"

自从妈妈去世之后，再也没有人这样关心过他，甚至擦药的时候还因为怕他难以忍受特地放轻动作。

但是好景不长，女孩有一天就突然消失了，他在小公园等了很久，太阳完全西沉、夜幕降临的时候，她都没有来，一天一天，再没来过。

他不知道发生了什么，他甚至不知道她的名字，就这样时间渐渐流淌，直到他再也想不起那个女孩的模样。

高一那年，常季霖终于从大脑的犄角旮旯里想起常瑜，态度强硬地将他带回嵘城。

不论是因为不满他将自己视为所有物任意安排的态度，还是陈年旧恨一直没有排解，常瑜一直在给他惹麻烦，换了好几所学校都被勒令退学。

常季霖越是焦头烂额，他越是恣意。

遇见沈乐央的时候，他也终于厌倦了这种处心积虑找麻烦的日子。

那一天，云淡风轻，慵懒的阳光熏得他有些困倦，趴在课桌上他做了一个梦。

在梦里，那个熟悉的小公园里幼小的自己，旁若无人地痛哭着，而他对面，站着个比他更幼小的女孩，似是在说着什么安慰他。

她在说什么？

常瑜靠近着想要听清楚，似乎听清这句话对他来说意义重大。

"你别哭了，我以后保护你，不再让别人欺负你。"

橙色的夕阳照耀在两个小人儿的身上，形成一个朦胧的金色光晕，安详而沉静，像悠远的岁月中一幅笔触简洁却情感真挚的画，像窖藏的酒，从地底深处被挖掘出来，掀起盖的那一瞬间，纵然经历多少岁月磨砺，那味道却是历久弥新越渐纯粹。

他走过去想要看清楚女孩的面容，却发现自己动不了，两个小孩也相携着跑远，他想追上去，就看见男孩转过身向他挥挥手。

再细看时，那个嘴角含笑的少年的面容，像是倒映着的湖面突然投入一颗石子，泛着粼粼波光一圈一圈地晕开去。

醒来时，他渐渐想起那段尘封的往事，但是那个女孩却依旧看不清脸。

只记得有一次，女孩坐在自己身边垒沙堡时裸露在短发外的后颈，有一块脊椎骨凸得高高的，上面是一颗圆润的小痣。

从他的方向看过去，那时的常瑜不知道为什么想起了以前妈妈给他念的童话故事中的独角兽。

常瑜终于别过头看向窗外，橙红色的塑胶跑道环绕着茵茵绿草，栅栏外的低矮楼房上是淡蓝色的天空，一道白色的云线横在空中，由于飞机早就驶远，两端已经开始逐渐消散。

时间的流逝将许多美的事物带走，但是有些东西留在记忆里，存在过就不会消散。

回过神来，他看到前桌正在认真听课的女孩突然低下了头。

整齐的短发从后颈处滑开，露出洁白的皮肤，凸出的脊椎骨上，赫然是一颗圆润的小痣。

现在，换我来保护你吧。

喜欢，与容貌无关，与相遇的早晚无关，在我的认知里是你，就是你。

余生请多宠爱 /W十一 著

高冷禁欲系男神医生 | 一心想要复仇的少女实习生 | 突然开启婚恋模式

再次邂逅，高冷禁欲系小叔叔和一心想要复仇的少女实习生，成为夫妇?

新婚当晚，宋时壹才从顾延霆口中知晓顾家祖训，在顾家，夫妻之间，没有生离，只有死别。不过，拴一辈子也没什么所谓，反正她的爱情已经死在三年前。余生怎么过、和谁过，都没有关系……

她打算借着他妻子的身份暗中调查，却不想顾延霆段数太高，她怎么也逃不过他的甜蜜陷阱。

要死了——她居然和顾延霆接吻了!
天了噜——男神竟然还在大庭广众下宣告她是他的!
怎么办——好像真的喜欢上他了!

嫁给小爱情 / 南风北至 著

自带光环的温柔机长丨背负一段家族恩怨的懵懂少女丨照顾与被照顾，爱与被爱的纠缠

　　家境殷实的沈乐央突逢巨变，父亲意外身亡，母亲不告而别，曾经的家教老师顾默晗却突然出现，说是受其母亲所托来照顾她。

　　在顾默晗的照顾之下，沈乐央对他渐生好感。顾默晗发现了沈乐央的感情，却因为彼此的年龄选择了回避。

　　沈乐央悲伤之余，意外发现母亲不告而别的真相，然而谁也没想到，这背后牵扯着陈年的爱恨痴缠……

生命那么短我好不容易遇见你
刚好你也喜欢我
何其幸运

图书在版编目（CIP）数据

嫁给小爱情 / 南风北至著 . -- 上海：上海文化出版社 ,2017.11（2020.1 重印）
ISBN 978-7-5535-0857-3

Ⅰ. ①嫁… Ⅱ. ①南… Ⅲ. ①长篇小说 – 中国 – 当代 Ⅳ. ① I247.5

中国版本图书馆 CIP 数据核字 (2017) 第 239121 号

责任编辑　詹明瑜　蔡美凤
特约编辑　笙　歌
装帧设计　刘　艳　米　籽
特约绘制　小石头
印务监制　周仲智
责任校对　周　萍

嫁给小爱情

南风北至　著

出　　版　上海文化出版社
出　　品　上海故事会文化传媒有限公司
　　　　　（200020 上海市绍兴路 74 号　www.storychina.cn）
发　　行　上海文艺出版社发行中心
　　　　　（上海市绍兴路 50 号）
印　　刷　三河市华东印刷有限公司
开　　本　880×1230　1/32　印　张　9.125
版　　次　2017 年 11 月第 1 版　印　次　2020 年 1 月第 2 次印刷
书　　号　ISBN 978-7-5535-0857-3/I.283
定　　价　39.80 元

上海故事会文化传媒有限公司　出品（00700）www.storychina.cn

本书如有印装问题，请与印刷厂联系调换。联系电话：0731-82755298